ベリーズ文庫

独占欲強めな社長と政略結婚したら、トキメキ多めで困ってます

藍川せりか

STARTS
スターツ出版株式会社

目次

プロローグ

……今、とても焦っている。

「あっ、すみません！」

曲がり角から突然現れたサラリーマンをひらりとよけて、すれ違いざまに謝った。

今の人、すごく驚いた顔をしていた。ぶつからなくてよかった。急に飛び出してごめんなさい。

藤崎《ふじさき》沙織《さおり》、二十五歳、蟹座《かにざ》のA型。

蟹座って、ちょっとロマンティストで夢見がちなところがあるんだって。

言われてみれば、いつか白馬に乗った王子様が……的な運命の出会いをして、大恋愛ののち結婚！　……という憧れを持っている。

少女マンガや恋愛小説みたいな情熱的な恋がしたい！って、いつも思っているんだけど、現実はそんなことはなく……。いや、今はそんな呑気《のんき》なことを考えている場合じゃない。

私は現在進行形で、息を切らしながらオフィス街の大通りを走っている最中だ。

――ウェディングドレス姿で。

もう、本当にあり得ない！

プリンセスラインのドレスを身に纏《まと》った私は、チュールスカートを右手で掴《つか》み、必死に走っている。

身頃は清楚《せいそ》な感じですっきりしているのだけど、スカートは繊細なレースが美しいボリュームのあるタイプ。こんなふうに走ることを想定して作られてはいないから、とても動きにくい。

自分では絶対できないような編み下ろしの髪に生花をつけてもらって、可愛《かわい》らしいヘアスタイルをしているのに、激しく動いているから少し乱れ気味。

どうしてこんなことになっちゃったの！

オフィス街にこんな格好でいるものだから、周囲からの視線が痛い。サラリーマンやOLさんに好奇の目で見られている。結婚式を飛び出してきたんだって思われているはずだ。

違う、違うの。私は仕事でこういう格好をしているだけなんです！

そう弁解したいけれど、そんな余裕はない。

私の勤める会社〝Valerie《バレリー》〟は、ウェディングドレスの企画から、デザイン、制作までを一貫して自社アトリエで行う小さな会社。兄である藤崎直樹《なおき》と藤崎晴樹《はるき》が創設した、ドレスのオートクチュール専門店でもある。

今日はうちの会社の新作ドレスの撮影会だった。約束していたモデルさんが来られなくなり、社員である私が急遽《きゅうきょ》ドレスを着ることになったんだけど……。

撮影会は滞りなく済み、さぁ帰ろうってところで、私が着ていた服がないことに気がついた。先に帰った兄たちに、私物を全部持っていかれてしまったのだ。

すでに撤収してしまった他のスタッフたち。残された私は、着替える服がないという状況。

パニックに陥って、しばらく茫然《ぼうぜん》としていた。

嘘《うそ》でしょ？　携帯も財布もないなんて……信じられない。

次にスタジオを使用する人たちが来てしまって、私の居場所はなくなり、泣く泣く立ち去らなければならなくなった。

自社オフィスはここから電車で一時間半。しかも乗り換え二回。

このまま電車に乗って帰る？　まさか。そんなの絶対無理。歩いているだけですごく注目されるっていうのに、電車になんて乗ったら罰ゲームレベルだ。

ああ、もう。早く何とかしないと。

もしかしたらまだ近くに兄たちがいるのではないかと、わずかな望みに賭けて、オフィス街を探しているところ。

でも、そんな偶然あるわけないよね……。

確かこの辺りに、取引のある会社がいくつかあったはず。そこに顔を出していないかな。いや、あんなにたくさんの荷物を持って挨拶には行かないか。

このまま兄たちが見つからなかったら、私はどうやって帰ればいいの？

信号が赤になったので足を止めると、背後から可愛らしい声が聞こえてきた。

「わぁ～、お姫様だぁ」

「こら、指差しちゃダメ」

振り向くと、小さい女の子が私に向かって指を差して、嬉《うれ》しそうに見つめている。その隣のお母さんは、バツが悪そうに私から視線を逸《そ》らした。

絶対、わけありだと思っているよね。そうだよね。昼間からこんな格好でこんな場所にいるなんて変だもんね。

ここが西洋の物語に出てくるお城の中だったら……この格好をしていても不自然じゃなかったのに。

信号が青に変わったので、再び走り出す。忙しそうに歩くサラリーマンたちの間を抜けて、とあるオフィスビルに入り、エレベーターで六階へ向かった。

このオフィスビルの六階には、取引のある貸衣装の店が入っている。そこのオーナーさんはとても親切な方なので、今の状況を話せば何か力になってくれるのではないかと思い、立ち寄ってみたのだ。

「え……嘘でしょ」

しかし【本日休業】という看板が立っており、なすすべがなくなってしまった。私の唯一の頼みの綱だったのに。

はぁ……本当にどうしよう……。

行き詰まってしまった私は回れ右をして、力の入らない指でエレベーターのボタンを押した。

「……今日は本当にツイてない。朝の星座占いでは一位だったのに……」

『運動が吉。いつもより輝くあなたに自然と注目が集まります。素敵な出会いがあるかも』

運動が吉、ね。確かに今日はたくさん走ったし、いい運動をしたと思う。

それから『いつもより輝くあなたに自然と注目が集まります』。……こんな格好をしていたら、誰だって注目するよね。たくさんの人に見られてすごく疲れたよ……。

エレベーターが到着したことを知らせる音が鳴ったので、顔を上げる。静かに開くエレベーターの扉の奥に、ひとりの男性が乗っていた。

「……あ」

彼は私を見て驚き、固まった。

ですよね。私のこの格好を見たら、驚きますよね……。

「すみません、行ってください」

決して狭いエレベーターではないけれど、このボリュームのあるスカートのドレスで同乗したらきっと邪魔になる。誰も乗っていないときを待とうと思い、そのまま行ってもらおうと声をかけた。

「いいえ、どうぞ乗ってください」

「でも」

「いいから」

彼はエレベーターの〝開〟ボタンを押したあと、そのまま私のそばまで歩み寄ってきた。

そしてエスコートするように手を差し出し、私をエレベーターの中へと導く。

驚いたのは、彼がドレスの扱いに慣れていること。スカートの裾をうまく扱い、綺《き》麗《れい》に収めてくれたのだ。

「すみません……」

「いいえ」

私の隣に立っている男性は、すごく背が高い。スタイルがよくてモデルみたい。落ち着きのある低い声が心地よく、大人の余裕を感じさせた。

「あの」

そんなことを考えていると、その男性から声をかけられた。驚いて、私は彼の方を向く。

「つかぬことをお伺いしますが、どうされたんですか？」

「え？」

「綺麗なウェディングドレスをお召しになっているので。……まさか花嫁様ではないですよね？」

「あ……そ、そうなんです！　結婚式を抜けてきたわけではなくて、仕事でこういう格好をしていて……」

かくかくしかじかで、と軽く説明すると、「そうでしたか」と彼は優しい笑顔を向けてくれた。

「着きましたよ、どうぞ」

「どうも……」

彼はエレベーターを降りるときも、手を差し伸べてエスコートしてくれた。

わぁ……よく見ると、すごく素敵な人。

ずっと焦っていたから、周りをちゃんと見られていなかった。

目の前に立っている彼はスリーピースのスーツを着ている。こんなドレス姿の私の隣にいても違和感がないくらい、仕立てのいいもののようだ。小物使いも上手だし、洗練された大人の雰囲気が出ていて、思わず見とれてしまった。

今もまだ彼に手を握られていて、まるで本当の新郎新婦みたい……って、何を考えているの、私！

そんなロマンティックなことを考えている場合じゃないでしょ、と心の中で自分を叱りながら彼の方を見た。

「とりあえず、外に行く前にこれを」

「え……？」

彼はジャケットを脱いで、私の肩にかけてくれた。

「ひとりでここまで来るのは大変だったでしょう？　あのスタジオからは少し距離が

あるので」

「……はい。スタジオのこと、ご存じなんですね」

「僕もたまに利用しますから」

「そうなんですか」

彼にかけてもらったジャケットのぬくもりを感じて、胸が急に騒ぎ出す。そして、彼のつけているであろうオードトワレがほのかに香った。邪魔にならない程度の心地いい香りにドキドキしてしまう。

「じゃあ、行きましょうか」

「え？　どこに……」

手を引かれたまま、私はビルのエントランスから外へと連れ出された。彼はビルの前に停止している、スリーポインテッド・スターのついた高級車の扉を開けると、乗るようにと私を導く。

「彼女の指定する場所まで乗せてあげてください」

彼の乗る予定だった車なのか、運転手さんは彼の話を快諾してくれた。

「いや、あの……！」

後部座席に乗せられて、車の外にいる彼の方を見て慌てる。

見ず知らずの人に、ここまでしてもらっていいの？　彼もどこかに行くはずだったのに、車を貸してもらうのは申し訳なさすぎる。

「こんなの悪いです」

「大丈夫です。気にしないで」

「いえ、本当にいけません。それに戻る場所も、ここからずいぶん離れていますし！　お気持ちだけで充分です」

「構いませんよ。こちらは僕の所有している車ですので問題ありません」

困った。どれだけダメだと言っても、大丈夫と押しきられてしまう。この押し問答を続けていても仕方ないし、ここはご厚意に甘えてしまってもいいのかな。

それなら、何かお礼をしなくては。

彼のことを教えてもらわないとお礼をすることができないので、勇気を振り絞って名前を聞いてみることにした。

「あ、えっと……私、藤崎沙織っていいます。あなたのお名前は……」

「名乗るほどではありませんよ。困ったときはお互い様です」

「でも……！」

どうしよう。ここまでしてもらって、これっきりなんて。

あ、そうだ。

「これ、受け取ってください。お礼がしたいので、連絡をください」

自分の名刺を差し出し、絶対に連絡が欲しいと念押しする。強引なやり方かもしれないけれど、何かお返しをしないと気が済まない。

「……わかりました」

私の気迫に負けたのか、彼は困ったような笑みを浮かべて、車の扉を閉めた。

「じゃあ、気をつけて」

「本当にありがとうございました！」

窓を開けて、最後まで頭を下げて彼と別れた。

それにしても、今まで乗ったことのない高級車で、座席も内装もどこを見ても洗練されており、味わったことのない空間に緊張する。

彼と別れたというのに、胸の高鳴りが収まってくれない。本当にいい人に助けてもらったという感謝や興奮でいっぱいだ。

あまりにも体を強張《こわば》らせていたためか、運転手さんが話しかけてくれる。その白髪の上品な男性は、私をリラックスさせるために話したあとは適度な距離感で接してくれたので、長い道のりも快適に過ごすことができた。

それから数時間後、私は無事に会社の前にたどり着くことができた。降り際に運転手さんに「少し待っていてください。財布を取ってきてお金を払います」と言っても了承してもらえず、結局何も返せないまま、見ず知らずの素敵な男性に助けてもらうことになってしまった。

連絡……来るといいな。

名刺には会社の電話番号と、私のスマホの番号が記されている。

私はスマホのディスプレイを見つめて、早く連絡が来ることを祈りながら、会社へと戻ったのだった。

政略結婚は突然に

オートクチュールドレス専門店Valerieは、少し辺鄙《へんぴ》なところにある。

もともと藤崎家の自宅だったものを改築して作られており、木のぬくもりを感じる建物で、一階が全てガラス張りになっていてドレスを着たトルソーが見えている。

Valerieでは、今日も穏やかな時間が流れていた。

「あー、暇ね」

「うん……暇だね」

自社ホームページやSNSのメッセージ欄を開いても、お客様からの依頼は一件も来ていない。

最近オーダーを受けたのっていつだっけ？と思い返してみて、ああ、二ヵ月前だと思い出し、まずいなと我に返る。

「晴樹、どこかに結婚が決まりそうな女友達いないの？」

「そんな女いねーよ。直樹はいねーのかよ？」

「いるわけないでしょ……うちの周りの女はみーんなキャリアウーマンよ。結婚なんてまだまだ、みたいな女子ばっか」

兄ふたりが来客用のソファに座りながら優雅にお茶をしている様子を、しらーっとデスクから見つめているのは、妹である私。

私たち藤崎兄妹で営んでいるこのサロン。創業してすぐ、人気の店になった。

服飾の専門学校に通っていた双子の兄の直樹と晴樹。ふたりとも学校のコンクールで最優秀賞を受賞し、奨学金でパリに留学。数年向こうで勉強したのち日本に戻ってきて、この会社を作り上げたのが十年前。

既製品とは違い、花嫁の希望を取り入れた、世界にたったひとつのドレスを作るというコンセプトで、ブライダル雑誌に取り上げられたり、テレビの取材が来たりしていた。

それからSNSなどで話題になって、ふたりでは手が回らないほどの人気ドレス店へと急成長。大学を卒業した私は、そのままこの会社のアシスタントとして入社した。

私にできる仕事といったら、依頼主である花嫁さんの接客や、使用する生地やアクセサリーの発注、在庫管理、電話応対、直樹と晴樹のスケジュール管理など。主にふたりのサポート役として業務をこなしている。

しばらくはすごく忙しかったのだけど、最近では閑古鳥が鳴くほど暇で……このままでは経営破綻するのではないかと心配するくらいだ。

原因はわかっている。

まず、オートクチュールのドレスというだけあって、それなりのお値段がする。最近は結婚式を挙げないカップルも増えているし、それより何より、リーズナブルな値段で挙式を行えるブライダル会社が多い。そうなるともちろんドレス込みの値段だし、ドレスも既製品やレンタルで済まされる。

すると、うちの会社の出る幕がなくなるわけで……。

ブライダル業界全体がコスパ重視の風潮なので、お値段の高いオートクチュールの人気は低迷している。

「何とかなるわよ」

このオネェ口調の直樹が長男。三十五歳。

直樹も晴樹も、一般的に見てイケメンに分類されるらしい。妹目線からするとよくわからないけれど、学生時代からふたりはよくモテていたので、そうなんだと思う。そして今でもそのモテ具合は健在みたい。

直樹は口調とは正反対の、男性的な体格をしている。イタリア製のブラウンの革靴に、少し裾を折られたデニム。その上に着ている白シャツからは鍛えられた筋肉が窺《うかが》えて、男性っぽさが全面に出ている。

黒い髪はツーブロックで刈り上げられ、上の長い部分はジェルで流されていてセクシーさを醸し出している……らしい。直樹いわく。

その口調からお察しの通り、恋愛対象は男性なんだとか。美意識もすごく高いし、女性の私よりも美容情報などに詳しいので勉強になる。お兄ちゃんでありながらお姉ちゃんみたいな、頼れる存在だ。

「直樹は本当、楽観的だよな。信じらんねー」

そして次に次男の晴樹。こちらも三十五歳。

顔のパーツは直樹と同じ。こちらは直樹とは違って長髪で、緩いパーマがかかっている。

私からすればその髪型は西洋の神様みたいに見えるし、何を目指しているのかもわからないのだけど、ひと纏めにくくったりするところがセクシーなんだって。晴樹いわく。

ボストン型のメガネをかけていて、ゆるっとした感じの服を着ていて個性的。なのに爆発的に女性にモテていて、本命がどの人かわからない。

クールでドSな性格だから、晴樹に命令されると絶対に従わなければならない雰囲気が漂う。

そんな個性的な双子の兄を持つ私は、至って普通の女性……のはず。ちょっぴり夢見がちではあるけれど、度は過ぎていないと思う。

「……ねぇ沙織。沙織って、彼氏いる？」

「何よ、いきなり」

「何となくよ、何となく。たまには恋バナしましょうよ」

「直樹……怪しい」

「怪しくないって～」

「いるわけないでしょー。いたら、恋人たちが盛り上がるイベントのときに家にいないで出かけてるよ」

「確かに、クリスマスも年末年始もずっと家にいたわね」

直樹に答えた通り、私には彼氏がいない。というか、今まで一度も彼氏ができたことがない。

学生時代は好きな人ができても、告白する勇気がなくて、遠くから見つめて終わるタイプだった。

社会人になってからは、就職したのがブライダル業界っていうのもあって、周りは女性の割合が多いし、お客様はカップルだから出会いは皆無だし……。

「もしかして、三ヵ月前の彼のこと、まだ諦めてないの？」

「え、そんな、まさか！」

三ヵ月前、新作ドレスの撮影会のあとに出会った、王子様みたいな素敵な男性。困っている私を助けてくれたあの人からの連絡は来ず……。

名刺を渡すの、結構勇気が必要だったんだけどな。

お礼ができないまま三ヵ月が経過してしまった。その話を兄たちにして、『好きになっちゃったんじゃないのー？』と散々はやし立てられたものの、連絡が来ないので、何も起こらないまま時間が過ぎていたのだ。

「三ヵ月も前のことだろ？　まだ気にしてんのかよ」

「だって……困っている私のことを助けてくれたんだもん。すごく素敵な人だった」

「勇気を出して名刺を渡したことは褒めてやる。けど連絡が来ないんじゃあ話にならないな」

うう……。確かに、晴樹の言う通りだ。

がっくりと肩を落として、デスクに突っ伏していると、直樹が私のそばまで歩いてきた。

「そんな沙織に、折り入ってお願いがあるの」

「何？」

「あのね、あのね……すごーく言いにくいんだけど」

男性らしい体つきでくねくね動かれると、気持ち悪いものがある。そうストレートには言えないから、怪しいものを見るような目つきで直樹を見た。

「あーもう、どうしよう。言いにくいよ～」

「どうしたの？」

言うべきか言わないでおくべきか悩んでいるらしい直樹は、私の周りを歩いて「うーん」と思案している。

「早く言ってよ。気になるじゃない」

「うん……」

「ほら、早く」

「あのさ！　Valerieのために、政略結婚をしてくれないかな？」

「へ？」

「だから、政・略・結・婚！」

何を言っているの、お兄ちゃん。言葉を区切ってゆっくり言われても、理解できないよ。

「ちょっと待って。何をいきなり……」

「悪いな、沙織。藤崎家のために頼むよ」

直樹だけでなく、晴樹まで私のデスクに近寄ってきた。ふたりの表情から察するに、冗談ではなさそうな雰囲気。

嘘でしょ？　嘘だよね……？

「や、やだなぁ。ふたりとも、私をからかわないでよ～」

「沙織、こういうお願いするとき、うちら嘘を言ったことないよね？」

そ、そうだけど。

ふたりが手が回らないくらい忙しいとき、私も一緒に働いてほしいとお願いされた。あのときだって、私はとある企業に就職が決まっていたのに、その内定を蹴ってValerieに来てほしいと懇願された。『冗談だよね？』と言う私に向かって、ふたりはとても真剣な顔でお願いしてきたっけ。

その迫力に負けて、私はValerieに就職することにした。

それから撮影会でドレスのモデルがおらず、私にモデルになってほしいと頼まれたときも、こんな感じで真剣にお願いされていた。

その他にも今までも何かとお願いされて、何だかんだ聞いてきたけれど、今回のは絶対無理だよ！

結婚だよ、結婚。人生ですごく大事なイベントを兄たちのお願いでしちゃうほど、私はお人よしじゃないからね。

「ダメよ、絶対ダメ。今回はふたりのお願いでも聞けないよ」

「えー？　どうして？」

「どうしてじゃないでしょ。結婚だよ。私の一生がかかっていることだよ。こんな感じで決めるものではないでしょ？」

「そ、そうだけど……」

兄たちから距離を取るべく立ち上がり、部屋の端に置いてあるカプセル式コーヒーメーカーにカフェオレのカプセルをセットして、スタートボタンを押した。

「だいたい、このご時世に政略結婚って何？　時代錯誤もいいところだよ。いったいいつの時代の話？」

「そうだよな。お前が怒るのも無理はない」

「晴樹……」

取り乱して怒っていると、晴樹がたしなめるように言葉を返した。

「すまない。話が飛躍していて、受け止められないよな。直樹、ちゃんと一から説明しろ」

「うん……そうね」

コーヒーメーカーにカフェオレができ上がると、私はコーヒーカップを取り出し、口へと運ぶ。

いつもならすごく美味《おい》しく感じるのに、今日は全然、味がしない。突然の話に驚いて、風味を楽しめる余裕がないのだろう。

「まずソファに座ろうか」

「……うん」

晴樹に促され、私たち三人はソファに向かい合うように腰かけた。

幸い……今日も来客予定はないので、こんなふうにスタッフだけで座っていても問題はなさそうだ。

「沙織も気がついているだろうけど、うちのサロンは赤字経営で、倒産寸前なの。このままでは一年ももたないと思う」

「しばらくは順調だった。本格派の結婚式っていうのがブームで、衣装やら式場やらにお金をかけていることがステータスだったし」

「そうそう。それからアタシと晴樹の人気もあって、Valerie のドレスも人気だった」

目まぐるしいくらい忙しくて、お客様もクライアントもいっぱいで、毎日あっという間に一日が過ぎる感じだった。

最初は違う場所をアトリエにしていたけれど、事業が波に乗ったところで、ふたりは自宅を改装させてほしいと父にお願いした。郊外でそこそこの広さの土地にある自宅を改築すれば、もっと大きなアトリエにできる。父を説得したふたりは、この場所にアトリエ兼自宅を作ったのだ。

「けど、最近じゃオートクチュールのドレスなんてオワコンだって言うやつらもいる。それでなくても今はドレスが全然売れない。既製品を扱っているメーカーだって苦しい状況だ」

「そうだね。どこも苦戦しているって聞くもんね」

「このままじゃ本当にヤバいって思った矢先、〝PW〟から連絡が来たの」

PWもとい〝Platinum《プラチナム》 Wedding《ウェディング》〟とは、ここ二年くらい前から急成長してきた大手ブライダル会社。リーズナブルな結婚式ブームの火つけ役で、飛ぶ鳥を落とす勢いで業績を上げている。

もともとブライダル以外で成功していた会社が新規参入してきて、大成功を収めているらしい。社長もとても若い人だと聞く。

「ＰＷからの、傘下に入らないかっていう誘いだった」

「傘下に……？」

コスパ重視の会社が、こんなオートクチュールの、お値段高め設定のサロンを傘下に入れるなんて、どういうこと？

「ふたりに安いドレスを量産してほしいとでも言ってきたの？」

「それが、違うの。『今まで通りの経営で構わない。これから高級志向の結婚式に力を入れていきたいから、傘下に入れれば客を斡旋《あっせん》する』って」

「ええ！　何それ、すごくいい話じゃない」

「そうなの。でもただひとつ、条件があるらしく」

条件……？

眉をひそめてふたりを見ると、晴樹が口を開く。

「お前を嫁にくれって」

「何でそうなるの⁉」

「わかんねーよ。俺らに妹がいるってことも、なぜか向こうに知られている」

妹を嫁にくれたら、好条件でValerieを再起させてやるということらしい。

「本当、むちゃくちゃだよ。私の気持ちはどうなるの？　っていうか、その社長さん、私のことをよく知らないのにどうして結婚したいって言うの？」

「アタシも聞いたのよ。どうしてですかって」

社長いわく――。

「仕事が忙しく、恋愛などにうつつを抜かしている時間がないから、こんな自分に対して嫁としての責任をきっちり果たしてくれるような人を探しているんですって。こういう条件の元で結婚したなら、どんな扱いをしても逃げ出さないだろうって」

「どんな扱いをするつもり⁉」

「さぁ……？」

いずれにせよ多忙を極めている社長で、家にはあまりいないらしい。

形だけの結婚。家政婦として身の回りのことや家のことをしてくれる便利な女性を探しているのかもしれない。

「でもさ、結婚でしょ？　本当に籍を入れちゃうんでしょ？　そんなの、絶対に無理だよ……！」

「だよね……」

直樹と晴樹も、私に対して無理を押しつけていることを自覚しているようで、あまり強くは出られないみたい。

けれどこの会社はふたりの夢であり、大事な場所だ。その夢が絶たれてしまうのはあまりにもかわいそうに思える。

Valerieの二階は自宅なのだが、その自宅には病気療養中の父がいる。半身不随の父の世話をしながら、仕事をする私たち。

三人で協力して生活してきたのだけど、もしValerieが倒産したらどうなるのだろう。最悪、住む場所はなくなり、一家離散もあり得るかもしれない。

「ごめんね。こんなことを妹に頼むなんて、兄としてどうかしていたわ。沙織に犠牲になってもらうのではなく、もっといい案を考えるべきね」

「だな。すまない」

直樹と晴樹は私に頭を下げ、申し訳なさそうな表情を浮かべた。

もしここで私がオーケーしたら、全てがうまくいくのかな。

けれど、顔も合わせたことのない男性と結婚なんてできる？

今までブライダル業界にいて、たくさんの花嫁さんを見てきた。みんな好きな人と結婚できるって幸せそうにしていて、その花嫁さんの姿に、いつか自分もこんな日が来るのかなって自分を重ねて見ていた。

まさか政略結婚するかもしれないなんて、まったく予想していなかった。

「さ、仕事しましょ。って、お客さんがいないから、することないんだけど」

「とりあえず営業でもしようか。それからSNSにドレスをアップして……」

直樹と晴樹は私を置いて立ち上がり、それぞれの場所に戻る。

私がうまくやれば、全部丸く収まる……んだよね？

直樹も晴樹もドレスに対して、すごく情熱を持って仕事をしていることを、私は誰よりも知っている。花嫁さんに喜んでもらいたくて、真剣に、一生懸命にドレスと向き合って……。

寝る時間を惜しんでも、納得のできるものを提供する。妥協は絶対にしない。そんなふたりが好きで、今まで一緒に仕事をしてきたんだ。

尊敬する兄たちだから、ずっとこうしてそばにいた。何の取り柄《とりえ》もない私をValerieの一員にしてくれたことを、感謝している。

今度は、私が兄たちにお返しする番だ。

「待って」

歩き出したふたりを呼び止め、私もソファから立ち上がった。

「私、結婚する」

「え……？」

「ＰＷの社長と結婚して、満足してもらえるような完璧な妻になってみせる」

「沙織……！」

やるからには全力でやろう。直樹と晴樹がいつもしているみたいに。私にだって、何かできるはずだもの。

「いいのか、本当に？　無理ならいいんだぞ」

「ううん、大丈夫。私たち三人でValerieだもん。私も力になりたい」

「沙織、ありがとう……！」

直樹と晴樹に抱きしめられ、私は結婚を決意した。

藤崎沙織、二十五歳。顔も知らない男性と結婚します――。

予想外な新婚生活

ええっと……婚姻届って、愛し合うふたりが、向かい合って書くものじゃなかったっけ？

郵送で送られてきた婚姻届。しかも役所に置いてある書式のものでなく、オリジナルタイプの、ピンクの可愛らしいもの。

あの、よく見る茶色のやつじゃないんだ？

「女子力、高……」

ツッコミつつ、近い将来、夫になるであろう男性の名前を見る。

夫になる人、五十嵐智也《いがらしともや》、三十歳。

すごく綺麗な字で驚いた。字は人を表すというけれど、なんてバランスの取れた美しい字なんだろう。

それだけで好印象を抱かせるとはすごいなと思いながら、そんな美文字の横に、少し癖のある私の字が並ぶ。

妻になる人、藤崎沙織、と。

これから私は五十嵐沙織になるのか。いろいろ手続きしないといけないんだろうな、と考える。

それにしても、どうしてこの可愛らしいデザインの婚姻届にしたんだろう……。端にレースの柄がついていて、ブリブリの可愛らしいデザイン。愛のない結婚をしようとしているふたりには不釣り合いだ。

もしかして、形だけでもラブラブな雰囲気を味わってもらおうと配慮してくれたのかな……？　ていうか、これって有料版の婚姻届じゃない？

ピンクの婚姻届にもいろいろ種類があって、雑誌の付録でついてくるものもあれば、ネットなどで有料ダウンロードできるものまである。

私の知る限り、この形式は初めて見るもので、とても凝っているタイプであることが明らかなので、有料版ではないかと思うのだけど……。

まさかわざわざお金を払ってまで用意したなんて、そんなわけないよね？　気のせい、気のせい。

婚姻届に記入を終え、抜けがないかもう一度確認する。問題ないことを確認した私は、椅子の背もたれに体を預けてため息をついた。

旦那様になる予定の人は、妻になる相手に会いには来ないんだな……。せめて挨拶くらい来てくれてもいいと思うんだけど。

あ、でも忙しい人だって言っていたし、そんな暇はないのかも。向こうは私のことを知っているみたいだし、わざわざ会う必要などないと思っているのかな。

これから結婚しようとしている男女が、いまだに顔を合わせていないとは。何十年も前なら、ひと目見ただけで結婚する人たちがいただろうけど……今は西暦何年？　二〇〇〇年代に突入してもう何年も経っているのに、こんな古風な結婚を望む人がいるなんて、信じられない。

実は、ネットで彼の経歴などをこっそり検索してみようと思ったのだけど、直樹と晴樹にやめるように説得された。

『見ない方がいい』と強く何度も言われてしまった。私がショックを受けてしまわないように、配慮してくれたのかもしれない。

ふたりの言うように、見ないまま勢いで結婚した方がいいのかも。決意が揺らいでしまったらいけないし……。

やっぱり、こういう形式の結婚を望む人だから、あまり女性と関わらずに生きてきた人なのかな。

私と同じように、今までモテずにきたのかもしれない。そんなことを考えて、勝手に親近感が湧いている。

容姿はどんな感じでも構わない。覚悟はできている。だけど、できれば清潔感のある人であってほしいと願う。

優しくて、話していて楽しい人だったらいいな。

……恋人みたいになれなくても、仲のいい友達みたいな関係になれたら、こんな結婚でも楽しめるんじゃないかと前向きに考えている。

そもそも今まで恋愛をしてこなかったから、トキメキとは無縁なんだよね。

『ブライダル業界にいるっていうのに、信じられない！　普通じゃないわ！』と直樹にはよく怒られていた。

なかなかいい出会いがなかったんだもん。仕方ないよ。

とにかく、婚姻届も仕上げたことだし、これを役所に提出すれば私たちは夫婦になる。紙切れ一枚で結婚できるって、なんか不思議な感覚。

私の理想としては、記念日の零時ちょうどに一緒に提出して『結婚しました！』と記念写真を撮り、ＳＮＳでお披露目！　……みたいなことをしたかった。

だって、仲のいい友達がしていて羨ましかったんだもん〜。

現実はこれだ。送られてきた婚姻届にサインをして、それを五十嵐さんに返送するように指示されている。その婚姻届を向こうで処理してくれるみたいで、結婚成立という流れ。

夢も希望もないけれど、悲観していたって始まらない。楽しく前向きに捉えていればハッピーな結婚生活になる可能性がある。

今回の政略結婚には、いくつか条件があるらしい。この可愛い婚姻届と共に入っていた一枚の書類を取り出し、結婚のルールとやらに目を通す。

まずひとつ目。婚姻後、生活は共にすること。

旦那さんになった五十嵐智也さんが今住んでいるマンションに私が移り住み、家事全般をすることになっている。

そしてふたつ目。五十嵐さんがValerieに仕事の斡旋をして援助をする代わりに、私が期間限定でPWに出向すること。

欠員になるValerieには、PWから人員補助をしてくれるらしい。お互いの社員を交流させて相乗効果を狙う目的だと記されていた。

それから三つ目。五十嵐さんと一緒にいるときは〝夫婦らしく〟振る舞うこと。

旦那様である五十嵐さん以外の異性と親密にすることは、禁止されている。

ただし私たちは、婚姻関係にあっても一線は越えないものとする……この最後の一文を見て、ホッと胸を撫《な》で下ろす。

今まで彼氏ができたことのない私は、当然のごとくそういう経験がない。兄たちに頼まれて結婚することにしたとはいえ、自分の体を売るなんてできない。兄たちだってそれは望んでいない。

直樹は『結婚しても絶対に体を許しちゃダメ。アタシたちの仕事が再び軌道に乗ったら、すぐに離婚してもいいから』と言っていた。とにかくこの危機的状況を回避するため、一時的に婚姻するだけであって、全て捧《ささ》げることはない、と。

直樹たちはPWから仕事をもらい、業績が回復したら自分たちの力で再起するつもりだ。なので、それまでの繋《つな》ぎとして、私に力を貸してほしいと言っただけのこと。

向こうの意向としては、忙しいので家事をしてほしいということと、妻がいることで世間に既婚者であるというプラスのイメージを植えつけるのが目的。

それを叶《かな》えたらいいとのことで、体の関係は望まれていない。その部分は本当によかった。

婚姻届をしまって、私はValerieの二階にある自宅スペースの奥の部屋に向かう。

奥にある大きな部屋は父の部屋だ。車イスで移動できるように、全てバリアフリーになっている。

しかし半身不随の父は自分の力で動くことはできず、主に私たちが車イスを操作しているのだけど。

「お父さん、今日のお薬だよ」

「ありがとう」

朝食を終えた父に、病院から処方された薬を差し出す。飲み終えるまでしっかり見届けたあと、ベッドの横に腰かけて話しかける。

「お父さん、私ね。しばらく仕事でここを離れることになったの」

「そう……なのか？」

「うん。けどお兄ちゃんたちは一階にいるから、何かあったら、すぐにこのコールで呼んでね」

「わかった。ありがとう」

父の動かない手を握り、ゆっくりと撫でる。

「来られるときは、寄るようにするから」

「お父さんのことは心配しなくていい。お前に迷惑をかけてしまって申し訳ないね」

「ううん、大丈夫。迷惑なんかじゃないよ」

母が早くに亡くなり、兄たちと私は、父に男手ひとつで育ててもらった。

父は自営業をしていたおかげで時間の融通が利くので、何とか生活ができたものの、食事などはお手伝いさんが来てくれていた。しかしいつまでもお手伝いさんにやってもらうのはいけないので、直樹が率先して料理をするようになり、洗濯は晴樹、掃除は私というふうに役割分担をして生活するようになった。

ふたりがパリに行ってしまったときは、下手《へた》ながら私がやっていた。掃除や洗濯は得意だけど、料理は苦手で……。

『よくこんなまずいもの作れたわね！』と、昔から直樹に怒られることがしばしば。直樹のＳＮＳ映えする感じの料理なんかに敵《かな》うわけない。

直樹はセンスの塊みたいな人で、見た目も味も素晴らしいものを作る。上手すぎるんだよーっ。

そんな感じで暮らしていたのだけど、数年前に父が脳出血を起こし、左半身麻痺《まひ》になってしまった。

意識障害などはなく、体だけの後遺症だったことが幸いだと思う。会話はちゃんとできるし、体以外は問題ないけど、やはり日常生活においては家族のサポートが必要。三人で介護をしていたけれど、私が結婚して抜けることで、ふたりの負担が増えてしまう。

そう懸念していたけど、五十嵐さんはその辺りのサポートもしっかりしてくれるらしく、医療関係のヘルパーさんを派遣してくれることになった。

それでも、その方に全部お任せするのではなく、私も来られるときは顔を出して父の様子を見ようと思っている。

「沙織、今いくつになった？」

「二十五歳だよ」

「そうか。もうそんな年齢になったんだな……」

「大人の女性って感じでしょ？」

お父さんに向かって髪をかき上げて、大人の女性アピールをすると、ぷっと吹き出されてしまった。

「大人の女性、か。はは、沙織はまだまだ子どもだよ」

「えー、嘘！　大人の魅力出てない？」

「うーん、見えないなぁ……。彼氏のひとりくらい、お父さんに紹介してくれよ」

「彼氏……」

彼氏どころか、結婚しちゃうんだよ。しかも見ず知らずの男性と。

名前と年齢はわかったものの、どういう人かは全然知らない。どんな見た目で、どんな性格かもわからない人。

顔はどんなだろう？　身長は？　体型は？

それから、性格はどうだろう……？

結婚を決めてみたものの、まだ実感が湧かない。これからどんなことが起こるのかも想像がつかない。

こんなことになっているなんて打ち明けたら、きっとお父さんは怒るに違いない。好きな人と幸せになってほしいと願っているはずだから。

「彼氏、いるんだろう？」

「え？　いや、えーと……そう。いるよ。お父さんに言っていなかっただけで、いるから」

「そうなのか？　じゃあ、今度一緒に来てくれよ」

「忙しい人だからなぁ……聞いておくよ」

「うん。楽しみにしてる」

ああ、私は何を言ってしまったんだ……。

彼氏がいないなんて言ったら心配させるよね？　だったらいると言ってあげた方がいい。

「じゃあ、私は仕事に行ってくるね」

「ああ。いってらっしゃい」

お父さんの手を離し、立ち上がった。そして自室に戻り、服を着替える。

今から婚姻届を持って、今後住む家に向かうつもりだ。

本来なら郵送で完了なのだけど、やはりこういう大事な書類は直接渡したい。それに、やっぱり旦那さんになる人がどんな人なのかこの目で確かめたい。そう思った私はいても立ってもいられなくなって、準備を始めていた。

はぁ……緊張する。一応、清楚なワンピースをチョイスして、無難な格好をしておこう。相手がどんな女性が好きかわからないけれど、せめて不快に思われないようにしないと。

セミロングの髪を緩く巻き、露出しすぎないようにカーディガンを羽織っておく。ヒールも高すぎず、足元に馴染《なじ》むピンクベージュのパンプスを履いた。

「よし」

家を出る支度が済んだ私は、封筒に入っていた鍵を握りしめ、家を出た。

「うわぁ……嘘でしょ?」

書類に書いてあった住所に着き、首が痛くなるほどの高層タワーマンションを見上げて呟《つぶや》いた。

「これって……マンガとかでよくあるシチュエーションだよ」

〝社長と恋愛！〟みたいなマンガや小説で、社長である彼の家に着いたときに、ヒロインが『すごい……』と言っていることがよくある。

それが現実に自分の身に起きていることが信じられない。というか、あまりのすごさに引いている。

「ＰＷの社長だもんね……そりゃいいところに住んでいるはずだ」

しかしこれは想像以上。規格外の高級感だ。

このマンションの情報を事前にスマホで調べたところ、受付にはコンシェルジュがいるし、中にはジムもラウンジも入っていることがわかった。噂《うわさ》では政治家や芸能人が住んでいるらしい。こんなところ、一般人は住めないだろうから、納得。

海外の有名なホテルみたいな外観。そして内装は、大きな吹き抜けがあって開放感を演出している。奥にはここの居住者だけが利用できるカフェラウンジがあるみたい。

床も壁も、どれを取っても上品で洗練された美しさを醸し出していた。

「はぁ……すごい」

ここにいていいものか躊躇《ためら》うほどの高級感に、おそれ多く思いながら、エントランスに足を踏み入れた。

だって、ここで生活するように言われているんだもん。入らないわけにはいかない。

「いらっしゃいませ」

受付にいるコンシェルジュさん——見た目が三十代くらいの美しい女性に声をかけられた。

「い……五十嵐智也さんの、……妻……なんですが」

まだ婚姻届は出していませんけど！と心の中で補足しつつ、弱々しい声で伝えた。

「藤崎沙織様ですね。登録していただいております」

「登、録……？」

「こちら、セキュリティのシステム上、顔認証をさせていただいております。五十嵐様からお預かりのルームキーとは別に、顔認証システムが至るところに搭載されているのです」

「そう、なんですね……」

どれほどハイクラスのマンションなんだろう……。

度肝を抜かれて何も言えなくなる。

「お部屋までご案内いたします」

「いいんですか？」

「はい。施設の説明など、併せていたしますね」

「ありがとうございます」

私はコンシェルジュさんに案内され、各フロアの説明や、部屋までの行き方などを教えてもらった。床の絨毯《じゅうたん》からしてふかふかで、ラグジュアリー感がすごい。

「……顔認証と言われましたけど、すっぴんだったら通れなくなるとかありますか？」

「ふふ、大丈夫です。こちらは学習機能が入っていて、何度も顔を見て精巧に覚えてくれるようになります。目、鼻、唇だとかの形状の変わらないもので判断いたしますので」

「へぇ……すごいんですね」

「そうなんです」

エレベーターの前や、各フロアに入るところなど、あらゆるところにモニターがついている。そこで自動的に顔認証がされて、扉が開くようになっているそうだ。

「最近は物騒ですからね。このマンションではセキュリティを強化しております」

「なるほど……」

「では、こちらでございます」

四十階に到着し、長い内廊下を歩き、部屋の前に到着した。

「先ほど五十嵐様をインターホンでお呼びしましたが、お出になりませんでした。もしかしたらご不在かもしれません」

「わかりました」

「私はこちらで失礼いたします」

「ご丁寧にありがとうございました」

礼儀正しく頭を下げてくれたコンシェルジュさんにお礼を言ったあと、扉の方に体を向けて深呼吸する。

いないかもしれないって言っていたから、この鍵で家に入るんだよね。もしもいなかったら、書類を置いて帰ろうかな。それとも待つ……？　ええい、いいや。とりあえず入ってみよう。

私は五十嵐さんから渡された鍵を扉に挿し込んだ。

「はぁ……緊張する」

場違いもいいところ。こんな高級マンションに住むとは想像していなかったので、まだ状況が把握できていない。

ドキドキと高鳴る胸を感じながら、ゆっくりと鍵を回して開錠した。そして重い扉を開いて中に入り、廊下を進む。

「おじゃましまーす……」

鍵はもらったものの、本当に来て大丈夫だったのだろうかと、このタイミングで不安になる。

けど、いつでも来ていいって書いてあったもんね。いいんだよね……？

「あ」

「あ」

部屋の奥にいる男性と目が合った。

っていうか、っていうか、っていうか！

目の前の男性、裸なんですけど‼

「きゃああ！」

「うわっ」

すぐに百八十度回転して見ないようにしたけれど、ちょっとだけ見ちゃったし！

あ、もちろん下半身はタオルを巻いていたけど、あれはお風呂上がりだ。わしゃわしゃとタオルで頭を拭《ふ》いていた様子で、濡《ぬ》れ髪からは水が滴っていた。顔はよく見えなかったけれど、すっごく引きしまった体をしていた。

うわぁぁん、あんなの初めて見た！

全身が心臓になったみたいに、ドキドキと鼓動が響き渡る。

「すみません！　急に来てしまいました‼　出直します」

事前に連絡してから来ればよかった。まさかお風呂上がりの五十嵐さんと鉢合わせするなんて、どれだけタイミングが悪いんだろう。

また改めて来ようと、今来た廊下を戻り、玄関の扉に手をかけたところで腕を掴まれた。

「ちょっと待って！」

「ひゃっ……」

大きな手、強い力、熱い体温。

全てに驚きながら振り返ると、肩にタオルをかけた、上半身裸のすっごいイケメンが立っていた。

目が合って、時間が止まったみたいに、彼の顔に釘《くぎ》づけになる。彼も私のことを、何も言わずにまっすぐ見つめている。一分一秒が永遠のように長く感じた。

「あ、の……っ」

この沈黙を破ったのは私だった。振り絞った小さな声を出す。

「離して……もらえませんか？」

「ごめん。でも待って、帰らないで」

想像していたより、すごく格好よくて戸惑っている。

濡れた髪から覗《のぞ》く、奥二重のすっきりした瞳。意志の強そうな眼差《まなざ》しに見つめられて目が離せない。

っていうか長身で、小顔で、スタイルもいい。こんなに格好いい人なら、こういう結婚をしなくていいんじゃないかと思うんだけど。

そもそもなぜ私を選んだの⁉　不釣り合いすぎませんか！

顔が熱い……。きっと私、真っ赤だと思う。こんなところを見られるなんて恥ずかしい。

「ここにいて」

「服！　服を着てください」

「……あ、ごめん」

彼は自分が半裸だということを忘れていたようで、自分の状況を理解してくれたのか、私の手を離してくれた。

「すぐに着てくるから、リビングのソファに座って待っていて」

「……はい」

バタバタと奥の部屋に入っていった五十嵐さんを見送ったあと、その場にしゃがみ込んで、両手で顔を覆う。

わぁぁ……何なの、この状況。

想像していたものと、まったく違う。こんなに爽やかで格好いい人が現れるなんて思ってもみなかった。

興奮が収まらなくて、胸が壊れそうなほどの動悸《どうき》だ。全身の熱が上がって、逃げ出したいくらいテンパっている。

五十嵐さんのことを勝手に『恋愛経験のない男性なんじゃないか』と想像して、親近感を抱いていたことを申し訳なく思う。私と同類なんかじゃない。類稀《たぐいまれ》なイケメンだった。彼が、恋愛経験が乏しい人なわけない！

そんな人がなぜ政略結婚を？と疑問を抱かずにはいられないけど、今は驚きのあまり思考が回らない。とにかく落ち着こう。

何度か深呼吸したあと、顔から手を離して、彼に勧められたリビングの方へ行く。

オシャレ感満載の素敵なソファ。自分じゃ絶対選ばないだろうな、というライトグレーのソファに触れてみると、手触りからして高級品だと思う。

そのソファの横に置かれている、いくつかのクッションも同系色で揃《そろ》えられていて、シンプルでセンスがいい。

奥にある壁一面の大きな窓からは都内の景色が一望できて、太陽の光をふんだんに部屋の中に取り入れることができ、気持ちいい。夜になったら、きっと夜景が見えてロマンティックなんだろうな……と想像する。

モデルルームのようなインテリアの数々を眺めているうちに、足音が近づいてきた。

「あれ、座ってなかったんだ？」

「あ……はい」

何だか落ち着かなくて、座れるような心境ではなかった。家族以外の男性の裸を見るなんて初めてだし、まだ鼓動がうるさいくらい鳴っている。

五十嵐さんは、白いビジネス用のシャツとネイビーのトラウザーズを着ていて、このままジャケットを羽織れば仕事に行けそうな格好だ。

髪はまだ少し濡れていて、急いでここに戻ってきてくれたことが窺える。ナチュラルなヘアスタイルでも文句のつけようがないほどの格好よさで、見ていると再び胸がうるさいほど鳴り始めた。

こら、静まれ、心臓。こんなにドキドキしていたら聞こえてしまいそう。

きっと全部を完璧に仕上げたら、パリッとした大人の男性の雰囲気で男ぶりが上昇して、格好よさに磨きがかかるんだろうな。

それでなくても、もともと美丈夫なのに、今より上回るって心臓に悪いよ……。

「ごめん、驚かせてしまって」

「いえ……」

「どうぞ」

彼が向かい側のソファに座ったので、私も遠慮がちに腰を下ろす。

「どうも。挨拶が遅れましたが、五十嵐智也です。よろしく」

「はじめまして、藤崎沙織です」

丁寧に頭を下げて挨拶したのに、彼は何も言わず、私のことを無表情で眺めていた。

え……？　何？　私、何か変なこと言った？

「あの……五十嵐さん？」

私の呼びかけで我に返ったようで、五十嵐さんは咳払《せきばら》いしたあと、気を取り直して話を続ける。

「連絡先を教えていたのに、直接会いに来てくれたんだね」

「すみません。突然お邪魔してしまって」

「いや、いいんだ、気にしないで。それで……今日からここに住むつもりで来たの？」

「あ、いえ……今日はこれを持ってきました」

バッグから婚姻届と戸籍謄本を取り出し、ソファの前のテーブルに置いた。

「なるほど」

初対面のふたりに不釣り合いなピンクの婚姻届が、私たちの間に現れる。

記入が必要な箇所は全て埋めてある。そして、婚姻届を提出する際に必要な戸籍謄本も準備するようにと指定されていたので、一緒に持ってきた。

「じゃあ、これは俺が預かっておく」

「えっと……それ、いつ出されますか？」

「……そうだな、今日にでも時間のあるときに出そうと思うけど」

やっぱり、ひとりで出しに行くつもりだよね……。

「……ご迷惑でなければ、提出されるとき、ご一緒してもいいですか？」

「え……？」

恋愛結婚ができないことについては、もう諦めがついた。けれど〝婚姻届を一緒に提出しに行きたい〟という願望についてはは叶うかもしれない。

兄たちは今回の結婚をなかったことにして、五十嵐さんと離婚したのち、ちゃんと好きな人と結婚し直せばいいと言ってくれた。

けれど、そんなことが本当にできる保証はない。そもそも、二十五年間も彼氏ができなかった私が、結婚相手を自力で見つけられるかなんて怪しいところだ。しかもバツイチになっちゃうから、恋愛結婚できない可能性がアップするだけなのでは?と心配している。

なので、叶えられることは今回のうちにしておこうというのが私の思いだ。

こんな政略結婚なのに理想を追い求める私って、呑気っていうか、なんか抜けているっていうか……。

自分でも変だって思うけれど、できることはやっておきたい気持ちの方が優先されている。

「お忙しいのは重々承知しています。私は役所の近くで待機していますので、ご都合のいい時間を教えてくだされば、こちらから向かいますが……」

「それなら今から行こう」

「え?」

「まだ出社前だから、少しなら時間がある。行こう」

「え、ええ……っ」

ちゃんと話をする前に、五十嵐さんはソファの背もたれにかけていたジャケットを持って立ち上がった。

驚いている私を見下ろし、「行くよ」とまた声をかける。

なんて爽やかな表情と声。今から友達に会いに行くよ、くらいのノリで『行くよ』って言ったけれど、今日会ったばかりの私との婚姻届を提出しに行くって、わかってます⁉

私も急いで立ち上がり、五十嵐さんのあとをついていく。

五十嵐さんは、私と結婚することに抵抗がないんですか？

そう質問したいのに、歩く彼についていくのに必死で声をかけられなかった。

私のことは、どう思ったんだろう？　実際に見てみて、問題なかったのかな？

何も言われないことが逆に不安になってくる。

本当にいいの？　後悔しない？　こんなに格好いい人なのに、彼女とかいないの？

格好いい、素敵などという、語彙力のない表現しかできない自分が悲しい。でもそうなんだから、そうとしか言いようがない。

颯爽《さっそう》と歩く五十嵐さんのあとについてエレベーターに乗り、地下の駐車場に到着した。彼は近くに停止していた、白い高級車の助手席の扉を開けてくれる。

「どうぞ」

「……どうも」

車体の前方に、円の中を十字で区切られた青と白のエンブレムがついていた。

これって、有名な高級外車だよね……。わぁぁ、私、初めて乗る……。

高級車に乗るのは人生で二回目。

以前に助けてもらった男性にも、高級外車に乗せてもらったけど、そのときはこの車とは違う車種だった。

中に乗り込むと、さすが最高級車という感じで、座席の硬さや厚みがすごくて、座り心地がいい。隅々まで綺麗にされている車内は、どのパーツもぴっかぴかで新車並みだ。

「じゃあ、行こう」

「はい」

運転席に乗り込んだ五十嵐さんがエンジンをかけて、車は走り出す。

タワーマンションの駐車場を抜け、大通りへと出た。そしてそこからしばらく走行して、あっという間に役所に到着。

受付までの道のりを少し歩いていると、五十嵐さんに話しかけられる。

「どうして一緒に行きたいと思ったの？」

「えっと……私の夢で」

「夢？」

前を見て歩きながら話していたが、彼は私の言葉が引っかかったみたいで、こちらに顔を向けた。

「小さい頃からの夢です。婚姻届を出すときはやっぱり、ちゃんと一緒に出しに行きたいなって」

「へぇ……そうなんだ」

「そうなんです」

何だか妙な沈黙。変な子だと思われたかな？

「着いたよ。平日の昼間だから空いているみたいだな。さ、行こう」

「はい」

順番待ちをせず、すぐ役所の人に渡すことができた。記入漏れがないかと、戸籍謄本などの必要書類が揃っているかを確認される。

「では少々お待ちください」

受付の人の処理手続きを見つめてドキドキしていた私は、相手が一旦退席したのでひと息ついた。

「夢……ってさ」

「……はい？」

急にまた話の続きが始まって、一瞬何のことかわからず、気の抜けたような返事をしてしまった。

「もしかして、〝僕と結婚してください〟的なプロポーズをされるときに、指輪のケースをパカッとされたいとか？」

「……ですね」

「うわぁ、ベタ」

「ベタですけど、あれって乙女の憧れです」

「乙女……ね」

冷やかな声で言われたのと同時に、受付の人が戻ってきた。

「こちらで受理いたします。ご結婚おめでとうございます」

「……ありがとうございます」

おめでたいのかどうかはわからないけれど、とりあえず無事に結婚できたので、その言葉をありがたく受け取っておくことにする。

そして他の必要な手続きをして、いくつかの書類をもらい、私たちは役所の出入口へと向かう。

「俺はこのまま仕事に行くよ」

「あ、ちょっと待ってください」

「……どうしたの？」

私はバッグをゴソゴソと探って、スマホを取り出した。

「一緒に記念撮影してください」

「ええ？」

「結婚記念に……」

「これも、まさか」

「そのまさかです。理想の婚姻届提出のシチュエーションで……」

えへへ、と照れながらそう伝えると、彼は私のスマホを受け取り、その辺りを歩いている男性に声をかける。

「すみません。写真を撮ってもらっていいですか？」

「え？　あ、はい……」

突然こんなところで声をかけたものだから、見知らぬ男性は驚いていたものの、承諾してくれた。

「じゃあ、撮ってもらおうか」

「はい」

五十嵐さんは先ほど受け取った婚姻届受理証明書を持って、私の肩に手を回す。

「はい。片方は沙織が持って」

「えっ!」

「ほら、早く」

今、沙織って言った? 私のこと、名前で呼んだ……。

そりゃそうだよね。私たち、夫婦になったんだし、ここで名字呼びをしていたら怪しまれる。

っていうか、この写真の撮り方、私のやりたかったやつだ!

『きゃーっ!』と叫びたいくらい興奮してドキドキしながら、カメラに向かって笑顔を向ける。婚姻届受理証明書をふたりで持ち、そして仲睦まじく写真を撮る。

目の前で「はいチーズ」と、かけ声と共に撮影してくれた男性は、まさか私たちが今日が初対面だとは思いもしないだろうな。

家族以外の男性に、こんなふうに肩を抱かれるなんて初めて……。

女性のものとは違う大きな体を感じ、緊張して汗ばんでしまう。

「ありがとうございました」

快活な声で男性に挨拶をした五十嵐さんは、スマホを受け取って私に手渡す。

「どうぞ」

「……ありがとうございます。どうして、こんな感じで撮りたいってわかったんですか……？」

「俺も一応、ブライダル業界にいるからね。女性の憧れのシチュエーションは把握しているつもり」

「あぁ、なるほど……」

なんたって五十嵐さんはＰＷの代表取締役社長。二年前に新規参入してきた会社だけど、何も知らずにこの業界にいるわけはない。いろいろなことを勉強して、今の仕事に就いているはずだ。

「まさか君がこんなに乙女思考な人だとは思わなかった」

「何だか、すみません……」

こんな女性だとは思ってもみなかったって、がっかりされたかな？　だけど、今日初めて会ったんだから、性格は知らなくて当たり前だよ。こういうことをしたがる女性って面倒くさいのかな……。

「悪い意味じゃない」

「すみません」

「謝らなくていい。気にしないで」

しょぼんとする私の肩を二度ほど叩《たた》いて、五十嵐さんはにっこり微笑《ほほえ》んだ。

「夫婦になったことだし、今日はさっそく、夕食を一緒にどうかな？」

「え……？」

「新婚初夜って大事なものだろ？」

新婚初夜という言葉を聞いて、ボンッと爆発したみたいに頬が熱くなった。

「え。何か変なこと想像した？」

「し、し、してません‼」

「ふーん。ならいいんだけど」

意味ありげな意地悪な笑みを浮かべながら見つめられて、私はすぐに目を逸らして俯《うつむ》いた。

していないと言ったけれど、驚くほど図星で。思いっきり、新婚初夜イコールそういうことを想像してしまっていた。経験がないくせに、いや、ないからこそ憧れや想像が豊かで困る。

「わかりやすくていいよ。じゃあ、送るから車に乗って」

「いえいえっ。私、買い物もしたいですし。ここで大丈夫です」

「でも」

「本当、平気です」

慌てて丁重にお断りをした。気にかけてもらえて嬉しいけれど、これから仕事に向かう五十嵐さんに、これ以上甘えるわけにはいかない。それに、夕食を一緒にと言われたので帰って準備をしないと。

「じゃあ、ここで。また夜に。俺のマンションで待っていて」

「はい。では、失礼します」

白の高級車が大通りに出て、見えなくなるまで見送ると、一気に脱力してガードパイプにもたれかかった。

「ふぁ……。何なんだろう、この状況は……」

結婚相手がどんな人か、いろいろ考えを巡らせていたけれど、まさかあんなイケメンだったとは。想定外すぎて混乱している。

スマホのデータフォルダに入っている、さっきの写真。どこからどう見ても釣り合っていなくない？　美女と野獣、もとい、美男と野獣。

女なのに野獣ってひどい。そこまでひどくないよ、私。

自分で思っておきながら、あまりの言いように自分が不憫《ふびん》でかばってあげたくなる。

それにしても、今日出会ったばかりのふたりには見えない笑顔。見た目もさることながら、出会って間もない私のわがままに付き合ってくれたし、会話も気さくにいろいろと話題を振ってくれた。とても話しやすい雰囲気で居心地のよさを感じた。

男の人って、みんなあんな感じなのかな？　比べる人が兄たちしかいないから、基準が微妙だ。私の勝手な予想だけど、五十嵐さんは一般男性よりもさまざまな面でかなり優れているような気がする。

「あー、もう。そんな人と結婚しちゃって、私、大丈夫かな⁉」

不安な気持ちを吐くように、思わず心の声を漏らしてしまった。

そうだ、それよりも夕食について考えなければ。夕食を一緒に、と誘われたけど、それって外食？　それとも私が作る？

でも結婚したんだし、家事を任せたいと言われていたわけだし、いきなり外食っていうのも手抜きだと思われてしまうかな？　ってことは、やっぱり手料理……だよね。

前述した通り、私は料理が得意じゃない。彼が帰ってくるまでにそれなりの準備が必要だ。

「何を作ればいいんだろう……」

直樹に相談するべくメールをして、一緒に考えてもらうことにした。


何時に帰ってくるのかわからない……と思いながら一度自分の実家に戻って、直樹に教えてもらった手順で料理をし、何とかトマトソースのチキンソテーと、おくら入りとろろ、シンプルなわかめと玉ねぎの味噌汁《みそしる》を作った。

チキンソテーは鶏肉をフライパンで焼いて、ソースは市販のトマトソース。とろろはすり下ろし器ですり下ろすだけだし、おくらも刻んだだけ。

味噌汁だって、出汁《だし》の取り方はかろうじて直樹に教わっていたからできたものの、玉ねぎは適当に切って、わかめも水に戻して入れるだけの超簡単なもの。

それを保存容器に詰めて、五十嵐さんの住むマンションに再び向かう。勝手にキッチンを使うのも気が引けたので、この方法を取ったのだけど、食器類は彼の家にある大きなキャビネットから出して借りることにした。

こんな料理で満足してもらえるかな……。

しかし私の力量では、こんなものしか作れない。時間のない中で冒険するのもリスキーだし、とりあえず、できる範疇《はんちゅう》で間違いのないものを作ることにした。

『まずい飯を作りやがって！　離婚だ、離婚！』……などと怒鳴り散らされたらどうしようと怯《おび》えていると、部屋のインターホンが鳴った。

壁についているドアホンに近づいて、点滅しているボタンを押すと、コンシェルジュさんの声がする。

『五十嵐様がお帰りです』

「は、はい！　ありがとうございます」

事前に、彼が帰ることを知らせてくださいとお願いしておいてよかった。そうじゃなきゃ、急に帰ってこられたら心臓が飛び出るほど驚いてしまいそうだから。

コンシェルジュさんに連絡をもらったから、彼が部屋に戻ってくるまでの間にいろいろと準備をする。

……といっても、ああでもないこうでもないと、無駄に部屋の中を歩き回っただけなんだけど。

「ただいま」

現在時刻、午後六時。ものすごく多忙な人だと聞いていた割に、優良企業の社員ばりの早い帰宅だ。

「おかえりなさい」

私が身につけているのは、晴樹から持っていけと渡されていた、新妻らしい大きめのリボンが施された二枚重ねのスカート風のエプロン。きっと、晴樹が私のために手作りしてくれたのだろう。とても可愛い。

こんな格好で出迎えるなんて、本当に新婚夫婦みたいだと感動している間に、彼は靴を脱いで部屋の中に上がってきた。

「あの、バッグを……」

「いいよ、そこまで頑張らなくても。楽にして」

「いいえ、ダメです。ちゃんと奥さんとしての務めを果たさないと」

「へぇ……」

意気込んで言うと、意地悪そうな表情で見下ろされる。その表情にドキッとしていると、彼は私に迫ってきた。

「じゃあさ、ちゃんと務めを果たしてくれる？」

「……と、言います、と？」

急に距離が縮まったものだから、私は自然と後ずさりしてしまう。

「おかえりなさいの、キス」

「キ！」

キスって‼

一文字目だけ発して、そのあとは驚きのあまり言えなくなってしまった。

キスって、あれだよね。俗に言う口づけ、接吻《せっぷん》、ちゅー。

『ちゃんと奥さんとしての務めを果たさないと』と豪語してしまったけれど、キスなんて今まで一度もしたことがない。

肉体関係を結ばないものとする、という条件ではあったものの、キスはそれに含まれないだろう。

どうしよう、どうしよう、どうすればいいの⁉とパニックに陥っている間に、私の手首は五十嵐さんに捕らわれていた。

「え……⁉」

「ん？　どうしたの？」

どんどん五十嵐さんの顔が近づいてくる。

「待ってください。あの、その……！」

掴まれていない方の手で彼の胸を押しても、びくともしない。所詮女性の力では男性に勝てないのだと思い知る。

「沙織。疲れて帰ってきた旦那にキスしてくれよ」

沙織、旦那、キス、と憧れのワードがちりばめられて、私はそれだけでクラクラして、金縛りに遭ったみたいに動けなくなった。

「どうしたの？　まさか初めてじゃないだろ？」

「う……」

「まさか」

「その……まさか、なんです、が……」

「えっ‼」と大きな声で叫んだ五十嵐さんは、私の手首をぎゅっと握って、離してくれなくなってしまった。

「あのさ、確認なんだけど、今まで何人と付き合ってきた？」

「……ゼロです」

「嘘だ」

「本当です！」

お互いの息がかかるくらいの近い距離で話していると、五十嵐さんはじっと私の顔を見つめてくる。まったく目を離さず見つめ合っていたが、先に視線を逸らしたのは彼だった。

「ということは、必然的に、そういうことも全部未経験……だよな？」

「はい……」

〝そういうこと〟に、どういうことが含まれているのかよくわかっていないけれど、男性と一対一で何かをすること自体が全般的に未経験なので、おそらくこの回答で間違いないだろう。

「そうか……」

五十嵐さんは私に背を向け、天井を仰いで目元を手で覆っている。

「その点について、何か不都合でも……？」

「いや、君に問題はない。ちょっと想定外の展開で」

「想定外？」

「気にしないでくれ、ひとりごとだ」

五十嵐さんの正面に回り込んで、どんな顔をしているのか覗き込もうとした瞬間、もう一度腕を掴まれて視線がぶつかった。

「あ、の……っ」

勝手に見ようとしたから、怒らせてしまった……？

真剣な表情の五十嵐さんを不安に思いながら見つめていると、ゆっくりと彼の顔が近づいてきた。

きっとそれは一瞬の出来事だったのに、私にとっては一瞬がとても長く感じて……。頬に触れた彼の唇。その感覚を実感できるほどの余裕はなく、気がつけば彼はもう目の前にいなかった。

「……っ！」

頬にキスされた‼

口づけされた左側の頬を手で覆い、廊下を歩いていく五十嵐さんの背中を見つめた。どうしよう、心臓が壊れそう。ドキドキ、バクバクしているし、変な汗が噴き出して全身が熱い。

藤崎沙織……いや、今日から五十嵐沙織だ。ふたりの関係はまだまだ始まったばかり。頬にキスをされただけでこれほど緊張していて、この先大丈夫なの？

政略結婚のはずなのに、こんなに刺激的で胸が騒がしいなんて聞いてない！

この先が思いやられる……と心配しながら、リビングに向かう五十嵐さんを追いかけた。

キス×キス×キス!!

「結婚オメデト～っ」

「沙織がまさか結婚なんてな。信じらんねー」

直樹と晴樹に両側から祝福されて、私は複雑な表情を浮かべている。

「おめでたいのか、よくわからないけど……」

藤崎沙織は無事、ＰＷの社長である五十嵐智也さんと滞りなく結婚することができた。昨夜は結婚祝いとして、ふたりきりで一緒に食事をしたのだけど――。

五十嵐さんは私と外食をするつもりだったみたい。それなのに私が手料理を作って待っていたので、とても驚いていた。ちゃんと本人に確認しておけばよかった、と後悔したけれど、五十嵐さんは喜んでくれていたから、結果としてよかったのかもしれない。

すっごく格好いい男性と向かい合って食事をするなんて緊張したし、味も気に入ってもらえるか不安だった。けれど、どれを食べても美味しいと褒めて、おかわりまでしてくれた。

たくさん食べてくれる男の人って魅力的なんだな。私、初めて知ったよ……。

今思い出しても照れてしまうくらい、昨夜の五十嵐さんは素敵だった。

「沙織には内緒にしていたけど、ＰＷの社長って超イケメンでしょ〜っ。背は高いし、顔もいいし、あれで頭もいいんだから非の打ちどころがないよね」

「確かに男前だわな」

ミーハーでオネェな直樹はともかくとして、晴樹がそんなふうに男性を褒めるなんて珍しい。審美眼の鋭い晴樹が言うのだから、一般的に見ても男前のジャンルに入るのだろう。

それにしても『先に見ない方がいい』と制されて、ネットで情報を調べないことを強要されていたから、どんな人が旦那さんになるのかと思ったら……。想像とまったく逆で驚いた。驚きすぎて心臓に悪いよ……。

「男慣れしていないんだから、緊張するのも仕方ねぇな」

「沙織ってば、本当にウブなんだからー。今までどうして彼氏ができなかったんだろうね？」

「直樹のせいだろ？」

「あら？　アタシだけじゃないわ。晴樹にも責任があるわよ」

私は小さい頃から、十歳離れている直樹と晴樹に可愛がられて育ってきた。母がいない分、ふたりは私が寂しがらないよう一生懸命に可愛がってくれていたんだと思う。年が離れているにもかかわらず、いつも一緒に遊んでくれたし、服飾の学校に行ってからは私の服をふたりで作ってくれて、ファッションショーをして遊んだっけ。

私を着せ替え人形みたいにして、ああでもないこうでもないと似合う服を作り、プレゼントしてくれた。

ふたりがパリに留学するまで、そんなふうにずっと一緒に過ごしていたせいで、彼氏を作る以前に、まともな恋をひとつもせずにきてしまった。

「そうは言っても、恋愛しようと思えば、アタシたちが仕事をしている間にできたでしょ？」

「女子大に行ったから、出会いなんてなかった」

「その気になれば合コンでも何でもあるだろ」

「う……」

晴樹の言う通り、女子大に通っているからこその合コンの誘いはいくつかあった。けれどそんな気にはなれず、参加を渋っていたら、いつの間にか誘われなくなってしまった。

「二十五歳で処女か……なかなかね」

「ヤリまくってるよりはいいだろ」

「まぁ、そうね。でもこのまま年老いていくんじゃないかって、お兄ちゃんは心配よ」

ええ、そりゃあ私自身も心配だけど……。

こんな残念女子な上に、一線を越えない政略結婚なんかしちゃって、一生処女のままかもしれない。

「と、とにかく、その話はもういいから」

「そうね」

婚姻は済ませた。これでまず向こう側の条件を満たしたので、これからValerieは正式にＰＷの傘下に入ることになる。そうすれば業績アップ。オーダーも増えることだろう。

「沙織のおかげで、さっそくブライダル雑誌のインタビューを受けることになったわ」

「高級志向の結婚式特集を組むみたいだ」

ＰＷ発信でブームを作っていくために、ＣＭや雑誌で情報を流していくらしい。資金のある大手企業だからこそできる技だ。

「沙織も大変だろうけど、少しの間我慢してくれ」

「うん。わかった」

Valerieが軌道に乗るまでの間の政略結婚。五十嵐さんの望むような結婚生活を送るだけ、という簡単なお仕事。男性経験なしの私でもできちゃうんだから、きっと労働条件的にはホワイトな、いいお仕事なのかも。

「沙織はいつからPWに出社するの？」

「とりあえず週明けから。今週は向こうの家に荷物を運んで、生活ができるように準備する」

「そう。アタシたちも支度を手伝うから言ってね」

「ありがとう」


翌日、五十嵐さんが手配してくれた引っ越し業者が来て、荷造りから運び出し、運び込みまで全てやってくれた。

「引っ越しって、こんなに簡単にできちゃうんだ……」

五十嵐さんのマンションに私の家具や荷物が運び込まれ、たったの数時間で私の部屋が完成して驚いている。

私に与えられた部屋の奥は、寝室に続いているみたいだ。

寝室に入ると、キングサイズの大きなベッドが目に入る。綺麗に整えられたシーツに、寝心地のよさそうな枕、ふかふかの羽毛布団。ダイブしたら気持ちいいだろうな、と思うも、やめておく。

そしてベッドサイドにあるテーブルには、アロマキャンドルとピンクのガーベラが飾ってあった。しかもその花瓶はジャムの空瓶のようで、さりげなくオシャレ。私にはこんなセンスはないな、と感心しながら、その可愛らしい花に触れる。みずみずしい花びらを感じ、まだ飾られて間もないことが窺えた。

ひと通り寝室を見たあと、ふと疑問が浮かぶ。

あれ？　ベッドがひとつしかない。

おかしいな、と思って他の部屋の中を探し回るけれど、寝室はここしかない。

ここに引っ越してくる前に使用していたベッドが実家にあったのだけど、持ってこなくていいと言われていたから持ってきていない。

それは、五十嵐さんの家に使っていないベッドがあるから持ってこなくていいという意味で捉えていた。なので、別々の部屋で寝る、もしくは同じ部屋で寝るとしても、ベッドはそれぞれのものを使うと思い込んでいた。

この状況からして、その予想は外れている……気がする。

……もしかして私、ここで彼と一緒に寝るの⁉　う……そ、嘘でしょ？

一線を越えないという条件なだけであって、一緒に寝ることがないと言われてはいなかった。

「ええ……っ、どうしよう！」

家族以外の男の人と一緒に寝るのはもちろん初めてだし、どんなふうになるのかわからない。それより、緊張して眠れないかもしれない。急にソワソワし始める。

寝室のさらに奥には、彼の部屋に続く扉がある。あの先はどうなっているか気になる。しかしここから先はプライベートな空間なので、立ち入らないようにしよう。

現在時刻は夕方の五時。今日も何かご飯を作っておかなければ。この前は作った食事に対して『美味しい』と言って、一切文句を言わず完食してくれた。私の作るものなんて大したものじゃないし、本当に美味しいと思ってくれているのかはわからないけど。

これからどれくらいの頻度で食事を共にするかは不明。でもそのたびに、ちゃんと手料理を準備しておかなければ。


彼が何時に帰ってくるかわからないため、今日は帰ってきたらすぐに食べることのできる煮物にしておくことにした。直樹から渡された料理本を見ながら作ったので、きっと間違いはないはず。

最近じゃネットやアプリでレシピが見られるけど、直樹はあえて料理本をプレゼントしてくれた。理由を尋ねてみると、どうやら直樹が初めて料理をしようと思ったときに買った思い出の本だかららしい。

『基礎はここに載っているから、これで勉強しなさい』

そう言って、嫁入り道具として渡してくれた。

今日のレシピは鮭《さけ》の塩焼きと、肉じゃが、お揚げと豆腐の味噌汁に、白ご飯だ。本当にどシンプルなものしか作っていないけど大丈夫かな、と思いながら準備をしていると、インターホンが鳴る。

『フロントです。五十嵐様がお帰りになりました』

「ありがとうございます！」

今日もコンシェルジュさんにお願いをしておいたから、五十嵐さんの帰宅を教えてくれた。

現在時刻、午後七時。

やはり今日も早いお帰りだ。たまたま先日と今日は仕事が早く終わったのかな？

少し不思議に思いながら、玄関までお出迎えに上がる。耳をすまして、近づいてくる足音を聞き、胸を高鳴らせている。

もしかして今日も、おかえりなさいのキスをしろなんて言わないよね？　もし言われたらどうしよう？　この前みたいに頬にキスをされればいいの？　それとも、私からする？

ああ、もう、どちらでも緊張する。一般的な夫婦はどうしているんだろう？　そもそも一般的な夫婦は、キスごときにこんなに緊張しないよね。それまでに何度もしているだろうし……。

はぁ……心臓が飛び出そう。

ひとりで頭を悩ませていると、開錠する音がして、扉が開かれた。

「ただいま……っ、うわっ」

「お、おかえりなさい！」

まさかもうすでに玄関で待っているとは思ってもみなかったのか、五十嵐さんは私の姿に気がついて驚きの声を上げた。

「すみません、驚かせてしまって」

「……大丈夫。まだ慣れていないからびっくりしただけ」

ふたりともぎこちない笑みを浮かべて見つめ合う。

「この前は言えなかったけれど、そのエプロン姿、可愛いな」

「えっ……」

「新妻らしくていい」

晴樹お手製のワンピースタイプのエプロン。スカートみたいにふわっとしたシルエットが可愛いと思う。

エプロンを褒めてもらっているのに、まるで自分を褒めてもらったみたいに感じて、頬が熱くなる。

「ありがとう……ございます」

私が照れている間に、五十嵐さんは靴を脱ぎ、玄関に上がるとあらかじめ用意していた彼専用のスリッパに足を入れた。

「ねぇ、今日もしよう」

「え？」

「おかえりなさいの、キス」

きたぁ……。

すでに熱くなっている頬なのに、彼の言葉でさらに熱が上昇していく。

「それって、毎日……するんでしょうか？」

「そうだね。夫婦なら毎日するのが当然だね」

そ、そうなの？

母は早くに亡くなってしまったから、普通の夫婦の仕様を知らない。

私が知らないだけで、みんなおかえりなさいのキスをしているものなのかな？

こんな無粋なことを質問して、無知な女性だと呆《あき》れられるかもしれないけれど、知らないことは聞くしかない。恥を忍んで、疑問に思うことを五十嵐さんに聞いていくことにした。

「あの……っ、それって、してもらうものですか？　するものなんでしょうか……？」

「え？」

私、何か変なことを言った？

でも私から五十嵐さんの頬にキスをするのか、それともしてもらうのか、正解がわからない。教えてもらわないと正しいものがわからないので、聞くしかないのだ。五十嵐さんと私の夫婦生活では、彼の望むことをしなければならない約束だから、ちゃんと聞いておかなければ。

「どちらでもいいけど、君はしたことがないんだよね？」

「いえ、先日……五十嵐さんにしてもらっ……」

ふと顔を上げると、五十嵐さんが目の前に来ていて、私は押し迫られ、廊下の壁に背中をつけて行き場を失った。

「あれは、キスじゃないでしょ」

「そうなんですか……？　ほっぺたに、ちゅ、って……」

「俺がしてほしいのは、唇」

濃すぎず、薄すぎない、すごくバランスの整った美しい顔が近づいてくる。色っぽい眼差しの瞳に見つめられて動けなくなる。

うわぁぁん！　顔が近いよーっ。

「沙織、ただいま」

低くて甘い声でそう囁《ささや》かれて、そっと頬を撫でられる。大きくて男らしい指先が頬を通り過ぎると、私の顎をくいっと上げた。

「五十嵐さ……」

おかえりなさい、と条件反射的に言おうとした瞬間、私の唇が彼の唇に塞がれる。

あ……っ！

これって、キス――。

そう思ったときには唇が触れ合っていて、驚きのあまり目を見開いていた。

「沙織も五十嵐だからね。俺のことは、智也って呼ぶように」

「は……はい……」

唇が離れたあと、にっこりと優しい笑顔を向けられて、諭された。私はこくこくと頷《うなず》いて、奥の部屋へ歩いていく彼の背中を見送る。

キス、しちゃった。

こ、腰が砕けそう。イケメンオーラにやられて、瀕死《ひんし》の状態に陥っている。

『わぁぁぁーっ!』と叫び出したいくらいドキドキが止まらない。

思わず唇に手を当て、ファーストキスを思い返して、またドキドキを繰り返す。

一瞬だったからよくわからないけど、柔らかかったような気がする……。ああ、もうどうしよう。興奮が収まらない。

このまま廊下に座り込んでしまいそうなところを必死で堪《こら》えながら、五十嵐さん……もとい、智也さんについていく。

ネクタイを外しながら歩く智也さん。取り乱していないところを見て、大人の余裕を感じる。

智也さんは初めてじゃないもんね。私みたいに誰とも付き合ったことがないわけないだろうし……。

こんなに素敵な人だったら、彼女のひとりやふたりいるだろうに。でも忙しいから恋愛している暇がないって聞いている。

だから私と夫婦ごっこをしようってことなんだよね。それなのにとんだ無知の女が来てしまって、がっかりしているかも。

申し訳ないけど、今さら他で練習してくるわけにもいかないし、仕方ない。……これぱっかりは経験していくしかないのだ。


そんなこんなで、夫婦生活がスタートした。

おかえりなさいのキスで、やりきった感を味わっていたのだけど、それ以上に大変な状況が訪れた。

夕食を終え、お風呂を済ませたあと、リビングでくつろいでいる智也さんにお茶を出す。それから食後の片づけと、明日の朝食の下ごしらえをしていたら、声をかけられた。

「お風呂入ってきたら？」

「は、はいっ！」

急に話しかけられたせいで、驚いて声が上ずってしまった。智也さんは慌てている様子の私を見て笑っているみたいだったけど、恥ずかしさのあまり急ぎ足でバスルームに向かう。

清潔感が溢《あふ》れる広いバスルーム。バスタブが大きくて、鏡も可愛いデザインで私の好み。その前に並んでいる数々のボディソープやシャンプーたちは、どれも女子力の高いキラキラしたボトルで、見ているだけで心が躍る。

これ、智也さんが用意してくれたのかな？

どれも新品のようで、わざわざ私のために買ってくれたのだろうと思う。彼のものは別にあるので、これらは私専用ということみたい。

「わぁ……いい香り」

私の好きなものばかりで、楽しいバスタイムを過ごすことができた。彼の使っているボディスポンジを見てドキドキしながら、その隣に私のボディスポンジを並べる。

あぁ、夫婦っぽいな。

そんなことを思いながら、バスタイムを終えてリビングに戻ると、智也さんは私のそばに歩いてきた。

「じゃあ、寝ようか」

寝る……。

その言葉を心の中で繰り返し、一日の終わりには睡眠時間がやってくることを思い出した。

寝るって、あの寝室で、ひとつのベッドで一緒に寝るってこと……だよね。

ファーストキスのことばかり考えていて、それ以外のことをすっかり忘れていた。

どうしよう。私、心の準備ができていない。

「あ、えっと……私はまだやることがあるので、先にお休みになってください」

「ダメだ」

「えっ……」

即答で拒否されて言葉を失う。何と返事していいかわからず、パジャマ姿の智也さんを見つめてフリーズしていた。

「一緒に寝るんだよ、夫婦なんだから」

「ええーっ！」

「『ええーっ！』って、何？　何十年と連れ添った夫婦じゃあるまいし。まだ新婚だよ？　普通、一緒に寝るでしょ？」

「そうなんですか？」

「そうだよ」

やっぱりそうだよね。一緒に寝るんだよね。

昼間に考えていたことが現実となってしまって、焦り始める。

新婚だから一緒に寝る――そう言われたらそんな気もするし、そうじゃないような気もするし、複雑な心境になる。

けれど私は、智也さんの求めることに応じるためにここに来たんだ。彼の希望を拒否する権利はない。

それに、一線は越えない約束だ。一緒に寝たからって手を出される心配はないから、そこは安心すればいい。ただ一緒に眠るだけ。

「何も……しません、よね？」

「何も、って？」

あぁっ、墓穴を掘ってしまった。そう聞き返されると言葉に詰まる。

「沙織がしてほしいなら、しても構わないけど？」

「な、ななな……」

「顔、真っ赤だよ」

智也さんはいたずらな笑顔を浮かべて、からかうみたいに私の頬を指でぷにっと押さえた。

恥ずかしすぎて逃げ出したい。こんなことを言われて、赤面しないはずがないよ！

顔だけじゃなく、全身も沸騰したみたいに熱くなっていく。

「嘘、冗談だよ。何もしない。さ、行こう？」

「……はい」


それから私たちはキッチンの電気を消し、リビングやその他の戸締まりを済ませて、寝室へとやってきた。

あまりジロジロ見ないようにしていたけど、髪のセットをしていない智也さんは、スーツ姿のときよりも少しだけ幼くなる。

イケメンというジャンルの代表みたいな彼は、女性から人気であることは間違いないだろう。顔のパーツの並びは完璧だし、背は高いし、声だって魅力的。非の打ちどころがないような男性なのに、どうしてこんな結婚を望んだのか、まったく理解できない。

もしかして相当性格が悪い？

それとも変な趣味を持っていたりして？

そもそも女性が好きなのかな？

実は男性が好きとかで、カモフラージュ的に私と結婚したのかも？

智也さんはリラックスしているようで、流れるような動作でベッドの上に座り、布団を足元にかけた。

「そんなところに突っ立っていないで、入れば？」

「えっ……あー、はい。では、お邪魔します……」

おずおずと布団を捲《めく》って、私もベッドに上がる。そして、彼と少しだけ距離を空けて隣に座った。

「今日もありがとう。飯もうまかったし、いろいろと気配りしてくれて嬉しかったよ」

「いいえ、そんな……」

改まってお礼を言われるようなことはしていない。直樹に見せたら怒られそうなほど下手な料理だったし、それ以外にしたことといえばお風呂の支度くらいだ。

「まだこの家に慣れないよな？」

「そう……ですね。今まで住んでいた家と比べたら何もかもが豪華で、少し戸惑ってます」

「この家にあるものは、全部好きに使ってくれたらいいよ」

「ありがとうございます」

智也さんを直視できず、俯きながら頭を下げた。

「えっと……ひとつだけ聞いてもいいですか？」

「何？」

私が声をかけたことで、彼の視線がこちらに向いている気がする。横からビンビンと熱視線を感じるけれど、そちらの方は向けず、正面を見て話を続ける。

「どうして私と結婚しようと思ったんですか？　智也さんは女性に困るような男性でもないですし、わざわざこんな政略結婚なんてしなくても、お相手がいらっしゃるかと思うんですけど……」

「沙織がいいと思ったから。ただそれだけ」

私が、いい……？　それって、どういう意味だろう。

眉根を寄せて、頭を悩ませる。

「まだ納得していない感じだな」

「そんなことは……」

「あー……そうだな。Valerieのことは、とてもいいブランドだと前から耳にしていた。オートクチュールのドレスをこの目で見たとき、あまりの美しさと繊細さに圧倒された」

低くて心地いい声が隣から聞こえてくる。恥ずかしくてそちらを向くことができないけれど、彼は私の方をまっすぐ見つめて話しているみたい。

「唯一無二のドレスブランドと独占契約ができるというのは、ＰＷにとって大きいメリットだろう。だから沙織との結婚を決めた、と言えば納得？」

Valerieとの関係を確固たるものにするために、私と結婚をしたのだと言われたら、何だか腑《ふ》に落ちた。それなら『私がいい』と思ったことにも納得できる。

もっと深くいろいろと聞きたいのに、布団の上に置いていた手が彼に握られる。大きくて温かい手に包まれて、緊張で飛び上がりそうになった。

「沙織」

「はい！」

ふいに名前を呼ばれて、彼の方に視線を向けると、目が合う。

「あまり俺のことを見ないようだけど……どうして？」

「そ、そうですか？　そんなことありません」

「そうかな？　まったく目が合わない。逸らされてる」

図星だ。

智也さんと目が合うと、何だかすごく恥ずかしい気持ちになるから、極力目を合わさないようにしている。どうしてこんなふうになるのかわからないから、とりあえず目を逸らしてやり過ごしていたのだけど……。

「そんなことないですって」

「じゃあ、俺を見て」

じっと見つめ合う。全身が沸騰したみたいに熱くなって、汗ばんできた。寝室のルームライトが間接照明で、薄暗くてよかった。きっと赤くなっているのは見えていないだろう。

「メイクしていないと、こんな顔になるんだな」

「……あまり見ないでください。緊張します」

「沙織のこういうところを見られて嬉しい。とても可愛いよ」

うわぁぁんっ。そんなこと言わないで。逃げ出したいくらい恥ずかしい。

お世辞で言ってくれているってわかっているのに、ちょっと喜んでしまう自分が悔しい。

この状況に耐えられなくなって、ついに顔を両手で押さえた。

「何で隠すの？」

「すっぴんをじっくり見られたら、困ります」

「隠さなくていいだろ」

「あ、やだ、ちょ……っ」

顔を隠す手をどけようと、智也さんが私の手首を掴む。ふたりで揉《も》み合っているとバランスを崩し、私の体はベッドの上に倒れてしまった。

「あ……」

目の前には智也さんの顔。

仰向けに倒れてしまった私の上に被さるような格好になった智也さんは、じっと熱い視線を送り続ける。

胸の鼓動が、全身に響くほど大きな音で鳴り続ける。

ベッドの上で、こんな体勢って……ああ、もう、恥ずかしすぎる！

「智也さん……あの」

そろそろどいてください、とお願いしようとした瞬間、彼の顔が近づいて、唇が重なった。

あまりにも早くて、気がついたときにはキスが終わっていた。

「おやすみなさいのキス。これから毎日するように」

「え……？」

「全然慣れていないようだから、一緒に練習していこうな」

「れ……っ」

練習ーっ⁉

声を上げそうになったけれど、ぐっと堪える。

「いい妻になってくれよ、沙織」

「……はい」

『はい』としか返答のしようがなかった。

素敵で爽やかな笑顔の裏に、無言の圧力を感じる……。

目をぱちくりとさせながら智也さんを見つめた。


そのあとも何度かキスを繰り返され……それ以上のことはされなかったけれど、初めての腕枕を体験することになった。

はぁ、私には刺激が強すぎる。

結局その夜は、朝まで一睡もできなかった。

秘密のプレジデントフロア

おかしい。うん、何かがおかしい。

確か私は、うちの兄たちの経営する会社Valerieを助けるため、五十嵐智也さんに差し出された存在だったはず。政略結婚だし、恋愛感情はないし、そもそも出会ってまだ五日目。

ラブラブのラの字もない間柄なのに、こんなことになっているのは、なぜ……？

「俺は先に出るから」

「わかりました。私も時間差で出社します」

朝食を済ませ、身支度を終えた智也さんを玄関まで送り出す。靴を履き終わって振り向いた彼に、ビジネスバッグを差し出した。

「いってきます」

「いってらっしゃ……」

ぐいっと腕を引っ張られて、私の体がぐらつく。バランスを崩して前のめりになったところで、唇を奪われた。

「んん！」

おかえりなさいのキスに、おやすみなさいのキス。それだけでなく、おはようのキスにいってらっしゃいのキス。何かにつけて、ちゅっちゅ、ちゅっちゅとキス三昧《ざんまい》。

こんなキス尽くしなんて聞いてない！

「じゃあ、またあとで」

『何でこんなことするんですか！』と怒る隙もないまま、彼は爽やかな笑顔を向けて家を出ていってしまった。

「……もう、何なの……」

触れ合った唇に手を当てて、誰もいない玄関で嘆く。

ファーストキスをして、まだ間もないはずなのに、何度もされているうちに少しずつ慣れてきた。最初ほど驚かなくはなったけれど、それでもキスしたあとは胸が騒いでしばらく落ち着かない。

二年ほど前に彗星《すいせい》のごとく現れた大手ブライダル会社ＰＷ。その代表取締役である五十嵐智也の妻となった私。

兄たちの経営するオーダーメイドドレスサロンValerieを傘下に入れてもらい、私は今日からＰＷの社員として働くことになる。

智也さんは対外的なことがあるので、私と結婚したことを公表しようと思っていたらしいのだけど、『沙織はどちらがいい？』と意見を聞いてくれた。

もともと結婚するときに、世間に既婚者であるということを知らせたい、という目的を聞いていた。しかし同じ会社で働くのであれば、出向期間だけでも内緒にしてもらいたいとお願いしてみた。

私が社長の妻だなんて知られたら、周囲が気を使うだろうし、働きにくくなる。

ＰＷのいいところを学びたいと思っている私としては、自然に溶け込んで仕事を学ばせてもらいたい。そう打ち明けると、出向している間は秘密にしておこうということになった。

さて、と……。

朝食の片づけと夕食の下準備を終えたので、戸締まりをして家を出る。

今日から会社勤めになるので、浮かないようにオフィスカジュアルの洋服を揃えておいた。

今日は淡いピンクのVネックのプルオーバーに、ネイビーの綺麗めのパンツを合わせる。そして腕時計やネックレスは小ぶりなものを選んだ。メイクもヘアスタイルも上品な感じに仕上げて、家を出てＰＷ本社ビルへと向かった。

「うわぁ……」

オフィス街の中心に建つＰＷの自社ビル。

一階はショップカウンターになっており、お客様がプランナーに結婚式などについて直接相談できる窓口になっている。

そして二階から上は、関連会社が名を連ねていた。ジュエリー会社、旅行会社、貸衣装屋にテナントを貸しているらしい。

そしてそのさらに上に行くとＰＷ本社となっており、大勢の社員がこのビルの中で働いている。

そもそもＰＷは、婚礼プロデュースを軸に、婚礼衣装事業やレストラン事業、旅行事業などトータルプロデュースを行っている企業だ。

婚礼プロデュースとは、プランナーの仕事のこと。お客様の望む挙式を店頭で打ち合わせして、式場や招待状、引き出物の相談、ドレスの手配、当日の段取りなどを決める。

それに加えて、専属のカメラマンやフォトアレンジができるデザイナー、ヘアメイクの人たちを大勢教育している。

そして婚礼衣装事業というのが、ウェディングドレスの制作や購入などを行っている。特にＰＷでは、今をトキメく芸能人によるプロデュースに力を入れており、ドレス業界ではいつも話題になって注目を集めている。

今回、うちの兄たちの会社のValerieはここに属することになり、ＰＷから発注を受けて制作する流れ。

レストラン事業は式場経営を担当し、ＰＷが建てたカフェやレストランで式を挙げられるようになっている。どこもただのレストランではなく、ハイクラスなので、普段の食事利用にも使える場所。さらに、挙式をメインに細部までとことんこだわって作られているため、どの店舗も人気だ。つまり、式場としても、普段使いできるレストランとしても成功を収めている。

最後に、旅行事業というのは、海外の式場と提携しての海外ウェディングのプロデュース、そして旅行の手配などを手がける。例を挙げると、ハワイのホテルなどに提携先を見つけて、国内にいながらそのホテルの挙式の予約が優先的に取れたりできるようになっている。

もちろんレストラン事業も拡大しており、海外に自社の挙式会場を持っているとも聞いた。

何でも手広く網羅していて、ＰＷの勢いはとどまることを知らない。

単にいろいろなブライダル関連事業を手がけているだけでなく、どれも成功してい て……そんな会社なので当然、本社も立派。私はその本社前で、高くそびえ立つビルを見上げて、『すごいな』と改めて実感しているところ。

本当に、この会社の社長と結婚しちゃったのかな。何だか夢みたい。

家族で経営している小さな会社で働いていた私からすると、現実だとは信じがたいこの状況。結婚に至るまでのプロセスもゼロだったから、実感が湧かなくても仕方ないのかもしれないけれど。

さて、まずは人事部に行くようにと言われているので、上階にあるＰＷ本社に向かおう。

エレベーターを降りてフロアの奥に進むと、【人事部】という部屋が見えた。

「失礼します……」

まだ始業時間前だけど、誰かいるかな？

現在、八時三十分。約束の時間は九時だったけど、三十分早く到着してしまった。

新人が時間ギリギリに行くのはどうかと思って早く来たのだけど、誰もいなかったらどうしようと心配しながら覗く。

「おはようございます。五十嵐沙織さんですね？」

「はい。おはようございます」

奥から三十代くらいの男性が出てきて、私の顔を見てにっこりと微笑んでくれた。

「さ、どうぞ、奥に」

「失礼します」

奥の応接室に通され、私と男性は向かい合うようにソファに座る。そして彼は、人事部長をしていると私に挨拶した。

「社長からお話は聞いております。このたびはご結婚おめでとうございます」

「え……っ、あ、はい……どうも」

「社長がご結婚されたことは全社員に周知しておりますが、相手が誰かまでは知らせておりません。沙織さんが奥様であるということは、私ども上層部だけが知っております」

「そうなんですか」

「奥様の手続きは全て私が請け負っておりますので、何かあれば私にご相談ください」

周囲に内緒にするとはいえ、人事部に嘘は通らないもんね。住所や社会保険などの手続きは、人事部長が全部やってくれるらしい。

って、彼が人事部長というのが驚き。もっと年配の方が上層部の方かと思いきや、PWでは若い人たちがほとんどの役職を占めているらしい。

年功序列よりも実力主義。能力のある人なら、年齢は関係なく上に上がっていける。ただし、並大抵ではない努力が必要で、昇格試験や他の社員からの評価なども必要なんだって。

とにかくここでは、頑張れば頑張るほど認めてもらえるという。

「我が社の社内規定や、福利厚生の案内のパンフレットです。目を通しておいてください。それから、奥様にはプランナーとしてお仕事をしていただくことになります」

「プランナーですか……」

意外だな。ドレス関連の仕事をしてきたので、てっきり婚礼衣装の部署に行くものだと思っていた。

「これからValerieが参入し、高級志向のお客様が増えることを見越して、社長としては奥様にそういった方々への接客をお願いしたいとお考えのようです」

「なるほど」

お客様のニーズを取り入れながら、自社製品であるValerieのドレスを売り込んでいけってことなのね。それが出向の目的ということなのだろう。

「では、プランナー事業部に案内します」

「はい。お願いします」

そして人事部長と共に一階に下り、プランナーの控室に案内される。

私と同じくらいの年齢の女性三人と、四十代のチーフがひとり。それからフロア長として五十代くらいの女性。合わせて五人が待機していた。

「人事部長、おはようございます」

「おはよう。今日からこちらに赴任される五十嵐さんです。よろしくお願いします」

「五十嵐沙織です。どうぞよろしくお願いします」

プランナーさんたちに頭を下げると、みんな歓迎してそれぞれ声をかけてくれた。怖そうな人たちだったらどうしよう、と不安に思っていたけれど、優しそうな人たちばかりで安心した。

「五十嵐さんの教育係の槙野《まきの》です。よろしくお願いしますね」

「よろしくお願いします！」

槙野さんと名乗る女性は、黒髪をひとつに纏めた真面目《まじめ》そうな女性だった。

彼女は自己紹介がてら今までの経歴を話してくれた。この職業に就く前は百貨店で働いていたらしく、所作が美しくて礼儀正しい。

「それにしても、五十嵐さんって、名字がうちの社長と同じなんですね。もしかして……ご親戚か何かですか？」

「い、いえいえっ。違いますよ。まったく赤の他人です……はい」

急に鋭いことを聞かれたので、激しく動揺してしまった。

怪しまれていないよね、大丈夫だよね？と緊張していると、槙野さんは気にせず次の話題に移っていく。

「五十嵐さんはドレス店で働いていらっしゃったんですよね？」

「はい」

「挙式に参加された経験はありますか？」

「何度かあります。エスコートまではせず、着つけをしたり、簡単なお手伝いをしたりなどですが」

「充分です。式の流れについてご存じなら、全体のイメージを掴んでもらいやすいでしょう。それに今までカウンター業務もされていたということですから、心強いです」

現在は欠員が出ていて人員的に厳しいらしく、すぐ戦力になりそうな私はとても歓迎されているみたいだ。

「それから、これが制服です。着方はこのマニュアルを見て、好きなようにアレンジしてください」

プランナーの制服は、ネイビーのスカートスーツスタイル。中は淡いピンクのシャツで、首元にはスカーフを巻くようになっている。まるでキャビンアテンダントの制服のようで胸が躍る。

「制服、可愛いですね」

「そうなんです。シャツとスカーフはいくつか種類があるので、好きな組み合わせで着てもらっていいですよ。朝出勤したら、この制服に着替えてください」

槙野さんから制服を受け取り、私は与えられたロッカーに荷物を置いた。

新しい環境に、新しい制服。気が引きしまり、これから頑張ろうと気合いを入れる。

「今日は月に一度の社内全体朝礼があるので、上のフロアに行って社長の話を聞くことになっています。着替えたら上に行きましょう」

「はい。わかりました」


そして身支度を終え、私たちプランナーはエレベーターに乗り、上階に向かった。

最上階のフロアはホテルの宴会場みたいな広さのホールだった。どうやらパーティーや大きな会議などを行う場所らしい。そこには何百人と社員が集まっており、社長の登場を待っている状態だった。

「……すごい人数ですね」

「ざっと三百人くらいかな。これでもまだ全員じゃないんです。支社の人たちはテレビ電話でこの朝礼に参加しています」

「そうなんですね……」

ますます智也さんの妻であることが信じられなくなる。

たくさんの社員を抱えている、こんな大きな会社の社長が私の旦那様だなんて、不思議……。

そんなことを考えて、一緒に食事をしているときの智也さんのことを思い出し、少し照れる。

知らないうちに頬が緩んでしまって、いけない、と顔を小さく横に振る。

しばらくすると、雑談していたはずの社員たちが静まり返ったので顔を上げる。すると、今朝玄関先で見送った旦那さんがそこに立っていた。

智也さんはマイクを持ち、社員の方に向かって話し始める。

「おはよう」

彼が言うと、社員たちが一斉に声を揃えて挨拶をする。そして時事ネタを交えて、最近のブライダル業界の流れの話をしたあと、社員たちの表彰を始めた。

売上に貢献した社員や、お客様からのお褒めの言葉を紹介し、今後もこの調子で頑張ってくれとねぎらう。

社員を罵るような朝礼でなく、敬意を払うような内容で、褒めるところはしっかり褒め、締めるところはしっかり押さえている、意義のある朝礼だと感じた。こういうところがＰＷが業界トップになった秘訣《ひけつ》なのかもしれない。

要点が纏まってわかりやすい話。よく通って聞きやすい声。改めてすごいなぁ、と感心して智也さんの方に視線を向けていると、ふと目が合う。誰にもわからないように、目配せされた気がした。

智也さん、私に気がついた……？

そんなわけないよね、こんなにたくさんの社員がいるし、私はプランナーたちの中でも一番後ろにいる。まさか、ね。

そう思うのに、目が合ったような気がして、少し照れる。アイドルのライブに行って、『今、絶対に私のこと見てたよね⁉』と感じるファンの気持ちに似ているかも。

「五十嵐沙織さん」

「はっ……はい⁉」

突然フルネームを呼ばれて、はっと我に返る。

智也さんのことを考えていたところだったから、思いっきり驚いた顔をしているだろう。

私の名前を呼んでいるのは他でもない、想いの主である智也さんだった。

「彼女は、新しくうちの傘下に入ってくれたValerieから期間限定で出向してきてくれた、五十嵐沙織さんです」

笑顔で私のことを紹介する智也さんに、驚きを隠せないけれど、咄嗟《とっさ》に頭を下げて礼をする。

「Valerieは言わずと知れた高級ドレスブランドで、デザイナーである藤崎兄弟の作り出すドレスはどれも仕立てがよく、大変高い顧客満足度を得ています。そのブランドがうちと提携することになりました」

大勢の社員の前で、うちのブランドと私の紹介をしてくれる。たくさんの人に注目されてどうしていいかわからず、緊張しながら智也さんの方を見た。

「この業界にいるみなさんなら、Valerieが言わずと知れた特別なブランドであることはわかると思います。そのValerieがうちと独占契約をしたということは、本当に喜ばしいことです」

こんなふうに、Valerieとの提携はとても価値のあることだと言ってくれて嬉しく思うのと同時に、兄たちが作り上げてきたものを誇らしく感じる。

「今日から彼女がうちに来てくれたので、Valerieのいいところをたくさん教えてくれると思います。せっかく同じグループになったのですから、お互いに高め合っていきましょう」

確かにそうだよね。お互いのいいところを吸収して、成長していければいい。

その向上心の高さに共感して、私も頑張らなければと身が引きしまる。

「五十嵐さん、うちの会社からたくさんのことを学んでいってください」

「……はい！　皆様、いろいろとご迷惑をおかけすることもあるかと思いますが、どうぞよろしくお願いします」

私に出せる精いっぱいの大きな声で挨拶をする。注目してくれている社員さんたちに頭を下げると、みんな拍手をして温かく迎えてくれた。

こんな大々的に紹介されるなんて思っていなかったから驚いたけれど、こうして紹介することで働きやすくしてくれたのかもしれない。

そうした気配りに感謝して、もう一度智也さんを見ると、口角を上げて微笑みかけてくれていた。

社長の話が終わったあとは、各部署の報告が行われて、それが一巡したあとに朝礼終了となった。

いいスタートを切ることができ、プランナー業務に入ってからも、順調に仕事を進められた。

……といってもまだ見習いなので、プランナーの仕事の内容を教わりながら、お客様が来られたらお茶を出したり、帰られたあとの片づけをしたりしかできないけど。

雑用が主な仕事だが、どれも新鮮で楽しい。

今までValerieに勤めていたときは、なかなかお客様が来なかったから退屈な日々を過ごしていた。こんなにたくさんの接客をしたのは久しぶりで、ウキウキした気分になってくる。私は接客が好きなのだと改めて感じた。

そして昼休憩になり、近くのテイクアウト専門店でサンドイッチを買い、ビルの上階にある休憩室でランチを食べているとスマホが震えた。

誰だろう……？

ディスプレイを見てみると、智也さんからのメッセージだった。

【今、どこにいる？】

どうしたんだろう、と思いながら【休憩室です】と返事をすると、すぐに既読になり返事が送られてくる。

【最上階にあるプレジデントフロアに来て】

プレジデントフロア……？

先ほど槙野さんに会社の中を案内してもらったときに、そんな場所は知らされなかった。

そこに、こんな新人社員が行っていいものか躊躇っていると【早く】と急《せ》かされてしまった。

袋を開けたものの、口をつけられなかったサンドイッチを持って、エレベーターに乗って最上階に向かう。

「うわぁ……」

これまたハイクラスな雰囲気のするフロアにやってきてしまった。

恐る恐る前方に歩いていくと、秘書課らしき部屋があり、一般人とは思えないほど美しい女性が立っている。

「はじめまして。社長秘書の山口麗奈《やまぐちれいな》です」

百五十五センチの私より、身長が十五センチくらい高い山口さん。

あ、でもこれって、ハイヒールを履いているからこんなに高く感じるのかも。

すらっとしたスレンダーなスタイルだけど、出るところはしっかり出ていて、色気がすごい。女性同士なのにドキドキしてしまうほどの艶っぽさに、緊張してしまう。

「はじめまして、五十嵐沙織です」

「このたびはご結婚おめでとうございます。大々的にお祝いできないのが残念ですね」

「はは……」

どういう返事をしたらいいかわからず、曖昧な笑いを返した。

そもそも政略結婚だし、そんな大々的にお祝いしてもらうのもどうかと思うところもある。私の理想の結婚としては、いろいろな人から『おめでとう！』と祝われたいところなんだけど。

複雑だなぁと思いながら、山口さんに笑いかけるけれど、彼女は表情を崩さず、じっと私の顔を見つめてきた。

「……あの？」

「あ、すみません。社長がお待ちです、どうぞ」

今の無言の間は、いったい何だったんだろう……？と不思議に思いながら、社長室に案内される。

重厚な扉の向こうには、ソファが並んだ応接スペースがあり、その奥に執務机が。さらに執務机の向こうの壁には大きな窓があって、東京の街並みを一望できるようになっていた。

「社長、奥様がいらっしゃいました」

「ああ。ありがとう」

今日のうちに何度〝奥様〟と呼ばれただろう。そのパワーワードを胸の中で噛《か》みしめて、智也さんの方を見る。

「半日働いてみて、何か不都合や不満はないか？」

「大丈夫です。みなさん優しい方たちばかりです」

「そうか」

その質問に答えたあと、少しの間沈黙になった。

……ん？　どうしたんだろう？　もしかしてこれを聞くために、わざわざここに呼んだってこと？

メッセージでもよかった内容では？と思いながら、黙って智也さんの姿を見ていると、彼は私の方に向かって歩いてくる。

じっと私を見つめて視線を外さない。彼の様子に、何だか少し照れて恥ずかしくなってきた。

「な……何でしょうか？」

あまり見られていると、穴があいてしまいそう。それに、条件反射的に鼓動が速くなってくる。

ゴホン、と小さく咳払いをして、智也さんは話し始める。

「制服……よく似合っている」

「え……？」

「可愛いって褒めているんだ」

一瞬、何の話をされているのかわからずポカンとしていたけれど、時間差で理解して、爆発したみたいに頬が熱くなった。

「え……っ、ええ……っと、ありがとう……ございます」

智也さんも異様に照れていて、ふたりして恥ずかしがって目を逸らす。

もう、何なの。この照れくさい感じ。言った本人まで照れていて、何だかこっちまでくすぐったくなる。

顔が緩んでしまって、俯きながら手で口元を押さえた。

「沙織、こちらに」

智也さんの手が私の腰辺りに伸びてきて、そっと優しく引き寄せられる。

そして気がつくと私の体は、彼の腕の中に包み込まれていた。

「あ、あの……⁉」

これって、ハグされているよね？　わぁ！　どうしよう。

初めて男性に抱きしめられた。大きな体にすっぽりと埋まってしまって、たくましい体つきに男性らしさを感じる。

智也さんのにおいに包まれて、胸が破裂しそうなほどドキドキし始めた。

「充電させて」

「……はい」

充電って、いったいどういう意味なんだろう？　深くはわからないけれど、こうしてハグしていることで元気が出るっていう意味なのかな？

心臓の音がうるさくて落ち着かないけれど、抱きしめられていると、全部を受け入れてもらっているみたいで嬉しくなる。

初出勤で心細い気持ちと、うまくできるだろうかと不安に思っていた気持ちが吹き飛んでいった。

もしかして、私のことを元気づけようと呼び出してくれたのかな……？

「さ、ランチタイムにしよう。まだ飯は食べてないんだろう？」

「はい」

彼の腕から解放され、大きな手のひらで頭を撫でられた。そして来客用のソファに移動し、私はサンドイッチをテーブルの上に広げる。

「……智也さんは食べないんですか？」

「ああ。これから外出するから、そのついでに食べるつもり。今は沙織が食べてるところをここで見てるよ」

「そんな……。恥ずかしいです」

向かい合わせに座ってじっと熱く見られていると、緊張してしまって食べにくい。せめて一緒に食べていたら気がまぎれるかもしれない、とサンドイッチのひと切れを差し出す。

「智也さんも一緒に食べてください」

「いいよ。沙織が食べて」

「ううん。せっかくだから一緒に食べましょう？」

こうして、私たち五十嵐夫婦の初めてのランチタイムが社長室で開かれた。

新人が会社で、こんなふうに社長と一緒にご飯を食べていいものかわからないけど、彼がそうしたいと望んでいるならいいのだろう。

同じ時間に同じものを食べて、他愛もないことを話す。これってすごく夫婦っぽいかも。家族ってこういう時間の積み重ねだもんね。

とはいえ、今日の話の内容は、智也さんはどうやってこの会社を立ち上げたのか、だった。

「そもそも俺は最初、この業界にいたわけじゃなかった。経営コンサルティング関連の仕事をしていたんだけど、ある会社と仕事をしたことがきっかけで、ブライダル業界に興味を持ったんだ」

高いコストがかかる挙式をもっとリーズナブルにできれば、新たなビジネスが展開できるのではないかと考えたらしい智也さん。もともと起業して得ていた資金で新たな会社を設立し、前の会社はそのまま経営しながら、現在は主にこちらに注力しているそう。

弱冠三十歳なのに、会社をいくつも経営する行動力と頭のよさに感心してしまう。

「すごいですね、尊敬します」

「俺なんてまだまだだよ。これで満足してたら上を目指せない。もっと頑張らないといけないと、いつも思ってる」

話していると向上心もあって、仕事に真剣な人だということが伝わってくる。

この先のビジョンもしっかり持っていて、未来を見据えていろいろ考えている彼の言葉を聞いていると、私も頑張らなきゃと、自然と思わされる。

今まで私は家族経営の会社の一員だったから、こうしてたくさんの社員が働いている会社に勤めるのは初めてだ。ここでたくさんのことを学び、これからの自分に活《い》かせるようにしたいな。

家事も仕事も全力で頑張り、与えられたことに応えられる女性になりたいと思った。

「これからも、たまに一緒にランチを食べよう」

「はい」

休憩時間が終わる時刻になり、立ち上がると智也さんに声をかけられた。

「午後からも頑張ろうな」

そして頬にちゅっとキスをされて、私は突然の出来事に脳の処理が追いつかず、フリーズしてしまう。

立ちつくしている間に、智也さんは取引先との待ち合わせのため部屋を出ていった。

扉の向こうにいた秘書の山口さんに会釈《えしゃく》されたのを見て、はっと我に返る。

「わぁぁぁ……」

その場に崩れ落ちて、憧れのシチュエーションの詰め合わせであることに気がつき、萌《も》えが溢れる。

いったいどうなっているの？　これって政略結婚ですよね？

それなのにどうして、こんなにドキドキさせられているの――。

理解に苦しむ私は、なかなか静まらない胸の鼓動を感じ、動揺を隠せないでいた。

旦那様は奥様が可愛くて仕方ない

沙織が俺の会社――PWに勤め始めてから一週間が経過した。

最初は雑務が主な仕事だったみたいだが、少しずつプランニングの方にも携わり始めているみたいだと、社員の日報で知る。

俺、五十嵐智也と、オートクチュールドレス専門店Valerieの社員である藤崎沙織は、とある理由で政略結婚した。

家族経営している会社の危機を救うため、俺の妻になることを選んだ女性。こちらから提案しておいてなんだが、まさかこんな結婚話に乗ってくるなんて予想外だった。こういうことに興味を示さない子だと思っていたけれど、そうではなかったようだ。

そもそも、どうしてこのようなことになったかというと、平たく言えば俺のひと目惚《ぼ》れだ。

沙織は俺のことなど眼中になかっただろうけど、俺は昔から彼女のことが気に入っていた。

そんな想いを寄せていることなど知らない妻・沙織は、俺たちのことを利害関係で結ばれたと思っているけど、実はそうじゃない。いろいろ複雑なことが交ざり合って、今回の結婚に至っている。

事の詳細は、まだ沙織の耳に入っていないようで、あの双子の兄たちは何を考えているのだろう、と頭を悩ませる。

妻である沙織は、経営難に陥っているValerieを助けるのを条件に結婚したと、本気で思っているみたいだ。

まぁ、いい。それも本当のことだ。しかし、それ以外にも理由はあるのだが——これ以上は、俺から行動で示していくしかない。

俺は大学を卒業したあと、大手企業で数年間、社会人経験を積み、そこから独立。そして経営コンサルティングの会社を立ち上げて、軌道に乗ったところで現在のブライダル業界にやってきた。

俺の経営しているPWは、ブライダルトータルプロデュース事業を行っている会社だ。自社レストランやカフェ、もしくは提携している場所を利用することによってコストを大幅に下げ、ドレスも提携している貸衣装屋、もしくはPWのドレスデザイナーにオーダーして制作する。

しかし、Valerieのようなオートクチュール専門のドレス会社を傘下に入れたことによって、これからはコスト重視でなく、本物志向のお客さんもターゲットにしていくつもりだ。

最近では、花嫁がウェディングドレスを自作するプランなども提案している。挙式の一年前くらいからデザイナーと共にデザインを考え、そのあとは講師と共に自分のドレスを作っていけるようになっている。少し強気な値段がついているが、こだわりたい新婦には人気だ。

そんなうちの会社の顔であるプランナーとして働き、料金システムや結婚式の流れを把握するために、日々奮闘している沙織。家に帰ってきてからも、ウェディングプランや式の手順を勉強している姿を目にする。

一生懸命仕事に取り組んでいるにもかかわらず、俺が家に帰ると毎晩手料理を振舞ってくれる。ある程度の段階で仕事を切り上げて、家で妻の手料理を食べるのが、ここ最近の楽しみだ。

実は今まで仕事三昧の生活を送ってきて、プライベートを全て仕事に費やしていた。仕事は楽しいし、やりたいことが山ほどあって尽きない。休みの日に仕事をすることも、何も気にならなかったのだが……。

がむしゃらに働いていた二十代を過ぎ、そろそろ落ち着いてもいいのではないかと思い始めていた。

俺がいなくても仕事が回るほどに、会社の経営は安定している。代表取締役である俺が休まず働き続けていたら、他の社員たちまで休みづらくなる。このままでは働きにくい会社になってしまい、有能な社員の育成ができないのではないかと考えた。

だったら結婚を機に、プライベートを充実させよう。仕事をするときは全力でやる。やらないときはしっかり休み、沙織との時間を取る。このメリハリで仕事の効率を上げようという作戦だ。

駐車場に車を停めて、マンションの地下出入口から中に入る。そしてそのままエレベーターに乗り込んで自宅へと向かった。

今まで自宅に帰るときに、こんなに浮ついた気持ちになったことなんてない。彼女が来てから俺の生活は一変した。

「ただいま」

自宅に到着し、扉を開ける。いつもなら沙織がパタパタと足音をたてて子犬みたいに駆け寄ってくるはずなのだが――。

今日は来ない。

どうしたのだろう、と廊下を進んでリビングを覗くと、ラグの上にぺたんと座っている彼女の後ろ姿が見えた。

オフィスで見かけた白いニットに紺のフレアスカートの上から、エプロンをしている。ハーフアップに纏めている茶色の髪も、華奢《きゃしゃ》で小さな背中も、こちらに向いている足の裏までも可愛いのだから困ったものだ。

その可愛さをまったく自覚していないようだから、余計に悩まされている。

「沙織？」

彼女の名前を呼んでも、まだ気がつかない。何か考え事でもしているのだろうか。ちょっとしたいたずら心が働いて、彼女の背後に忍び寄り、後ろからぎゅっと抱きしめた。

「きゃっ……」

「ただいま」

「と、智也さん！　いつの間に⁉　おかえりなさい！」

驚いて慌てている様子が愛《いと》おしくて、思わず沙織の唇に口づける。

「……ん！」

柔らかい彼女の唇。軽く何度か触れ合ったあと、顔を離して照れている表情を見るのがたまらない。

「……もう。驚かさないでください」

「驚かしてないよ。ちゃんと声をかけた。沙織が全然気がつかないから」

ピンク色に染まる頬は、マシュマロみたいに柔らかそうで甘そう。どこもかしこも可愛くて、気を抜いたら顔が緩んでしまいそうになる。

こんなふうに思っていると知ったら、絶対引くよな。

想いの比重が違いすぎて困らせるに違いない。それでなくても、今でも抑えているつもりが漏れてしまっていると思う。

「ねぇ、智也さん。今日初めてオーブン料理に挑戦したんです」

「そうなんだ。何を作ったの？」

「シンプルにチキンを焼いてみました。すごく簡単なんだけど、皮がパリパリになったからびっくりしました。早く食べましょう」

俺の家にある家電は、沙織が来ることが決まってから一新した。それまであった家電はあまり使うことがなく、ほとんど放置していた。

自炊などしないけれど、一応揃えていただけのものなので、性能などあまり見ていなかった。使いにくいものはなかったが、彼女が来るならいいものを与えてあげたい、そう思って買い直したのだ。

彼女は最新のウォーターオーブンレンジに感動したようで、レンジで一品作ることにハマっているようだ。

オーブンレンジのすごさについて一生懸命に説明している姿も、ああ、可愛い。

「美味しいかわからないですけど……どうぞ」

「大丈夫。沙織の料理はいつも美味しいから」

「ううん、私の料理なんてまだまだ。簡単なものしか作れないから申し訳ないです」

いつもそう言って謙遜するけれど、正直なところ、彼女の作る料理はシンプルでハズレがない。変な冒険などしないし、基礎中の基礎の料理を作ってくれるから、味も間違いない。

健康には気をつけているものの、忙しくて簡単なものしか食べない食生活を送っていたし、しっかり食べるときは外食ばかりだった。ゆっくり食事を楽しむ時間などなかったし、食事会という名の仕事もあるから気が休まらない。

しかし、沙織とこうして食事をするようになって、他愛もない話をしながら目の前の料理を楽しむことができるようにもなり、とても満足している。

俺が料理を口に運んだあと、味を心配しているところもいじらしい。

「美味しい」と褒めると、「そんなことないです」と言いながらも、はにかんで嬉しそうにしているところも可愛い。

「今日もまた会社に戻られるんですか？」

「いや、今日は自宅にいる。けど、テレビ電話で役員会議をする予定」

「こんな時間から？」

「ああ。レストラン事業の方で新しい食材を海外から取り寄せることになって、現地にいるスタッフと値段の交渉をするんだ。向こうの時間に合わせてだから、どうしても遅い時間になる」

「そうなんですね」

その会議が終わったら、すぐに沙織との時間を持つつもりだ。最近多忙を極めていて、食事の時間以外は彼女との接点がない。

いい加減、プライベートの時間を確保できるように調整しないと。仕事ばかりに没頭しているようじゃ、一流のビジネスマンとは言えない。仕事もプライベートも充実してこそデキる人間だと思う。

自分はまだまだだなと反省したあと、食事を終えた俺は、目の前の沙織が食べ終わるまで見つめていた。

夕食を終えると、すぐ自室に戻った。そしてノートパソコンを開き、テレビ電話に接続する。

海外にいるスタッフと会話し、うちと新規で契約してくれる現地の事業主と交渉に入る。日本ではあまり流通しておらず、希少価値が高い食材で、海外で注目を集めているものを新メニューに加えるつもりだ。

一見ブライダルとは関係ないように思えるが、レストランの料理は結婚式の中でも重要なところだ。

どれだけいい式であっても、食事がイマイチだと新郎新婦はもちろんのこと、ゲストたちを満足させることができない。料理、衣装、会場、スタッフなど、全てトータルでクオリティの高いものを目指さなければ。

今まではコスパ重視だったが、Valerieを迎え入れた以上、ハイクオリティなものを作り上げたい。

そうすることが、沙織を幸せにできる近道だと思うから。

二時間ほどの会議を経て、何とか交渉成立に至った。向こうの要望とこちらの要望をすり合わせて、お互いに納得のできる条件で契約ができたからよかった。

チェアの背もたれに体を預けて、「ううん」と声を漏らしながら伸びをする。

「はぁ……。風呂に入ろうかな」

早く入浴して、沙織とゆっくりする時間を作りたい。

心地いい疲れを感じながらチェアから立ち上がり、自室を出た。

リビングを通り、廊下の奥に浴室がある。疲れたな、と肩を回しながらリビングに到着すると、ソファの上で眠っている彼女を見つける。

「あーあ」

せっかく今から沙織と過ごそうと思っていたのに、想いの主は眠りの世界に行ってしまったのか。

それだけならいいのだけど、彼女はお風呂上がりで、もこもこの可愛らしいパーカーにショートパンツという悩ましい格好をしている。

「はぁ……」

俺のことをいったいどう思っているのだろうか。

確かに、最初に結婚のルールとして、一線は越えないものとする、と提示したけれども。それは彼女に安心してもらうために出した条件だ。

でも俺だって男だ。好きな女性がこんなふうに無防備に眠っていたら、それなりにいろいろしたくなる。

「……できるわけないよな」

無理強いして沙織を悲しませるわけにいかない。しかし、ショートパンツから伸びる、細いけど肉づきのいい柔らかそうな足が目に入る。

「はぁ……」

切ない想いを抱きながら、沙織を抱き上げ、おとなしくベッドに運ぶ。

「見てろ、いつかこの状況を打破してやる」

少しずつ変えてみせる。急がずゆっくり、沙織のペースに合わせて距離を縮めていこう。

そしていつか、沙織から好きだと言ってもらえるようになってみせる。

新妻はドキドキしている！

「はっ！」

突然覚醒して大きく目を見開くと、目の前が真っ暗で、状況が呑《の》み込めず混乱した。

え？　え……っ？　今、何時？　っていうか、ここはベッド？

確かお風呂に入って、髪を乾かしたあと急に眠くなったから、ソファで横になったはずで……そのあとの記憶が全然ない。

勢いよく起き上がり、枕元の時計を見てみると、夜中の二時だった。

「嘘、寝ちゃってた……」

しまった、と後悔して、ふっと横を見てみると誰もいない。

智也さんはどこにいるんだろう？

彼が珍しく家にいたから、仕事が終わるまで待っていようって思っていたのに。もしかしてまだ仕事中？

ベッドから抜け出し、寝室を出る。真っ暗な廊下を進んでリビングに向かうと、そこにも智也さんはいない。

「どこ行っちゃったんだろう……?」

智也さんの自室にいるのかな?　このまま気にせず寝てしまった方がいい?　でも、ソファから運んでくれたのは智也さんだよね?

ひとことお礼くらい言っておいてもいいかも。仕事をしているようだったら、お夜食とか飲み物とかを用意するのもいいよね。

そう思って智也さんの部屋に向かう。今まで一度も入ったことがない、旦那さんの部屋。

掃除のとき、少しだけ扉を開けてお掃除ロボットを送り込んだことがあったけれど、賢く掃除を終えてロボットが出てくるものだから、中をちゃんと見たことはない。

どんな部屋なんだろう、と胸をトキメかせながら、小さく三回ノックした。

「智也さん……起きてますか?」

扉越しに小声で話しかけるけれど、返答はない。おかしいな、と思いながらもう一度声をかけるけど、やっぱり返事はなし。

このまま寝室に戻ることも考えるが、さっきの私みたいに仕事をしながら寝てしまっていたらと思うと、起こしてベッドまで一緒に行く方がいい。そのまま寝て風邪をひいてしまったら大変だ。

……もし、見てはいけないようなことをしていたら？

『見～た～な～』って怒られるような気もして、どうしようか悩むけれど、智也さんのことが気になるから部屋に入ることに決めた。

もし変なことをしていたら、見ていないフリをして、扉をすぐに閉めよう！

そう決意して、智也さんの部屋のドアノブに手をかける。

「失礼しまーす……」

遠慮がちに部屋を覗くと、スタンドの電気だけがついていて、私の予想通り、机に突っ伏して眠っている智也さんがいた。

「智也さん、智也さん。こんなところで寝ていたら風邪をひきますよ」

声をかけて体を揺さぶっても、全然起きる気配がない。

いつも朝早くから夜遅くまで働いているから、疲れているのだろう。でもこのまま放置しておくわけにもいかず、もう一度声をかける。

「智也さん、起きてください」

「ん……？」

「一緒にベッドに行きましょう？」

そう言った瞬間、智也さんは目を開いてこちらを見てきた。寝ぼけまなこの智也さんは、いつもと違う人みたいに目が据わっている。

「風邪ひきますよ。……ね? ベッドに……っ、きゃ!?」

突然立ち上がった智也さんは、私のことをぎゅっと抱きしめてきた。

「沙織」

「はい」

「沙織、沙織……」

「はい……。智也さん?」

何度も名前を呼ばれて、どんどん胸の鼓動が速くなる。全身が熱くなってきて、体中が騒ぎ出してきた。

私と同じせっけんの香りがする。智也さんが着ているスウェットからは、私の着ている服と同じ柔軟剤の香り。

ああ、一緒に暮らしているんだなって実感する。

「やっとその気になってくれたんだ?」

「へ?」

話の内容が掴めなくて、声が裏返った。

その気、って何の気?

頭の中にたくさんのクエスチョンマークが浮かんで、どういう意味か考えていると、智也さんの腕から解放され、上からじっと熱く見つめられた。

「ベッドに行こう」

「え？　あ、ちょっ……」

待って。誤解してる？

そういう意味じゃないの。シンプルに寝ましょうって意味なの。っていうか、智也さん、すごく寝ぼけてますよね？

ほわわんとした口調で話すから、何だかいつもと雰囲気が全然違う。

このままついていったらよくない気がして、全力で抵抗していると、彼はなかなか動かない私に痺《しび》れを切らしたようで、お姫様抱っこをされてしまった。

「智也さん、待って！」

「待たない」

わぁぁ、どうすればいいの⁉

足をバタバタさせて抵抗するけれど、まったく止めることができず、軽々と持ち上げられて寝室まで運ばれてしまった。

そして先ほどまで寝ていたベッドの上に乗せられて、その上に覆い被さるように智也さんがやってきた。

「沙織……」

いつも名前を呼ばれるとドキドキするけれど、今日はそれ以上にドキドキさせられている。

声が甘ったるくて、私のことを求めるみたいな呼び方。私、今までこんなふうに名前を呼ばれたことはないよ。

「智、也さん……?」

「目、閉じて」

「ダメ……っ、待っ――」

顎を引いて彼のキスから逃れようとしたのに、逃げ損ねてしまった。

熱っぽい唇が、私の唇を奪う。ちゅ、ちゅ、と音をたてながら、何度も触れ合っていく。

「や、……ぁ、と……も……やさ……」

どうしよう、どうしよう。

ベッドの中で、こんなふうに何度もキスをしていたら、変な気持ちになる。

でも、私たちは一線を越えない約束をしているよね?

だから、これ以上はしないよね？

言葉にできないから、心の中でそう話しかけるけれど、キスはどんどんエスカレートしていく。

私たち、どうなっちゃうの？

ベッドの上でさまよっていた手を掴まれて、五指を絡ませるように繋がれる。

唇も手も捕まえられてしまって、智也さんに全てを奪われたような気になる。のぼせたみたいに熱に浮かされて、とろけてしまいそうだった。

でもダメ。本当に、これ以上は……！

唇と唇が離れた一瞬の隙に声を上げる。

「智也さん、これ以上は……っ」

そう言った瞬間、彼の体が脱力して、私の上に乗っかってきた。

そして、すうすうと安らかな寝息が聞こえてくる。

「……あれ？」

もしかして、寝ちゃった？

「もう～っ」

これ以上進まなくてよかったという安堵感《あんどかん》と、ちょっぴり残念に思う気持ちが入り交じる複雑な感情を抱えて、彼の重みを感じながら深いため息をつく。
これって、どういう気持ち？
言葉ではうまく言い表せないけど。ああ、もう！
その夜、私は智也さんに抱きしめられながら、眠れぬ夜を過ごしたのだった。

家事も仕事も頑張りたい！

私と智也さんが夫婦になって、一ヵ月が経過した。

それから、ここ最近で少し変更されたことがある。私の門限が午後七時になった。同じ年頃の女性で七時に設定されている人はなかなかいないと思うけど、智也さんいわく心配だからだそう。

そんなに心配されるような年齢でもないんだけど……まぁ、旦那さんがそう言うのだから、守ろうと思う。

どうしても外出したい場合は、彼に事前に伝えておけばいいらしい。でも彼の用意した車で向かうように、と付け加えられた。

それから週に一回だけ、智也さん用のお弁当を作ることになった。どうやらその日は内勤する日と決まっていて、社内でご飯を食べるからみたい。

そのお弁当タイムも一緒に過ごし、同じお弁当を広げて食べるという、ほんわかした時間を共有している。

不思議だよね。恋愛感情のないふたりが結婚して、私はまるで本当に溺愛されているみたいな生活を送っている。

経験値が少なすぎて、毎回毎回、心拍数が大変なことになっている。智也さんはこんなふうには思っていないんだろうな……。

もっと難しいものかと思っていた夫婦生活も、順調に過ごせているのは、きっと智也さんが自由にやらせてくれているからだろう。

家事全般を担当しているけれど、彼の望んでいるレベルでできているかはわからない。でも、いつも私がしていることに対して『ありがとう』とちゃんと言ってくれて、文句は一切言わない。

相変わらず何かにつけてキスをしているけれど、それも慣れてきて、自然にできるようになってきた。

ちゃんと〝奥さん〟、できているかな……？

智也さんといるといつも心が騒がしくて、彼のことを考えてドキドキしたり、緊張したり、『ああしたらどうだろう？　こうしたら喜んでくれるかな？』と忙しい。

それが嫌なんじゃなくて、すごく楽しいから不思議。智也さんのことを考えていると、胸が躍って浮かれた感じになっていく。

ものすごくハッピーな気持ちなんだけど、これって何だろう？

それから仕事も、一ヵ月が経過してカウンター業務をさせてもらえるようになってきた。お客さんの対応に入ってもいいと言われて、つい最近カウンターデビューしたところ。

わからないことがあったり、誤ったことをしそうになったりすると、インカムで槙野さんが指摘してくれるから、こんな私でも何とかできている。

これからもっと勉強して、よりよい接客ができるように頑張ろうと思う。


そして今はランチタイム。今日は智也さんが内勤の日なので、ＰＷの自社ビル最上階にあるプレジデントフロアの社長室で、私が作ったお弁当を食べている。

「うん、うまい」

「本当ですか……？　何だか味つけが少し薄い気がしたんですけど、大丈夫ですか？」

「ちょうどいいぐらいだよ」

早朝から、焦がさないように頑張った卵焼きを頬張る彼を見て、ホッと胸を撫で下ろす。

「智也さん……お話があるんですが」

「何？　どうしたの」

「お仕事の件、なんですが」

最近カウンターデビューしたこともあって、退勤時間である午後六時に接客に入ってしまった場合、残業となる。智也さんから、できるだけ七時には帰宅しておいてほしいと言われているけど、残業になると門限を守ることができなくなってしまう。

それから、今まではまだ新人だったからできることも限られる上、不要な残業をするのはよくないので、定時に帰らせてもらっても問題はなかった。けれどこれからは、一人前のカウンター業務ができるようにならなければならないので、そうは言っていられない。

与えられた仕事はちゃんと全うしたいし、門限を緩めてもらおうとお願いしてみることにしたのだ。

「……というわけで、門限をもう少し遅くしてもらえませんか？」

「そうだな。プランナーは接客に入ると、早々には帰れないからな」

「はい」

仕事ばかりして、家事が疎《おろそ》かになるんじゃないかと思われちゃうかな。でも、両方頑張りたい。

「よかれと思ってプランナー業務を任せたんだけど、仕事も忙しいし、家事も任せたら負担が大きいよな。ごめん、配慮が足りなかった」

「いいえ！　そんな、謝らないでください」

もともとＰＷで仕事をしたくて入社したわけでなく、智也さんの妻になる条件で、私はここに来ている。それなのに多忙な部署に入れてしまったので、申し訳なく思ってくれたのだろう。

「私、接客が好きですし、プランナーのお仕事をさせてもらって、とてもやり甲斐《がい》のある仕事だなと感じているんです。だから、このままここにいさせてください」

「そうか。ならいいんだけど」

「家事も手を抜きませんから、お願いします」

妻としての仕事も、ＰＷでの仕事もどちらも頑張りたいのだと、頭を下げた。

「……わかった。その代わり、無理はしないこと。俺も家のことは手伝うから」

「はい」

「帰りは一緒に帰ろう。沙織が帰る時間まで、俺も仕事をするよ」

私と結婚してから、なるべく早く帰れるように努めてくれていたみたいだけど、私が残業しているなら同じ時間まで仕事をして、一緒に帰宅しようと提案してくれた。

「ひとりで帰らせるのは心配だ」

「大丈夫ですよ」

「ダメだ。一緒に帰る」

そんなに心配してもらわなくても、きっと平気なのに……と思うけど、ここは旦那様に甘えておこう。

結婚するまで恋愛のひとつも経験がないし、世間知らずだと思われているので、きっと智也さんには、私のことは小学生の子どもくらいに見えているのかもしれない。

過保護にされていて何だか照れくさい。

「では、お言葉に甘えさせていただきます」

素直に智也さんの申し出を受け入れると、彼は優しい笑顔を向けてくれた。

ああ……この顔、いいな。

いつもはピリッとした大人の雰囲気を纏った男性なのに、こんなふうに笑うと目が細くなって可愛い。

「じゃあ、これからは帰る前に連絡して」

「はい」

穏やかな時間の中で一緒のお弁当を食べて、ささやかな幸せを感じていると、智也さんが再び話し始める。

「あのさ、聞きたかったんだけど……」

「はい」

「今まで彼氏がいなかったって言っていたけど、好きな男とかもいなかったの？」

「ぶはっ」

藪《やぶ》から棒に何を聞かれるのかと思いきや、恋愛話⁉

突然の質問に驚いて、喉におかずを詰まらせてしまった。

「ごめん、驚かせた？」

「は、はい……驚き、ました……」

慌ててお茶を飲んで呼吸を整える。

はぁ。いきなりそんなことを聞かれたらびっくりするよ……。

「……で、いなかったの？」

「えっと……その」

いないって言えば嘘になるし、いるって言うほどの深い関係があったわけでもない。

結婚の三ヵ月前に、ウェディングドレスを着て困っていたときに助けてくれた男性を思い出す。でもその人とはあの一時的な出会いだけだったし、その後は連絡が来なくて音信不通になった。

あれを片想いと呼ぶのはどうだろう……。

「いたような、いなかったような」

「どっち」

「いいなって思った人はいました。だけど出会ったのは一瞬だったし、私のことなんて何とも思っていなかったはずです」

「ひと目惚れしたってこと？」

ひと目惚れ……とは少し違うような気がする。現に今、その彼の顔を思い出せと言われても、まったく思い出せないほどあやふやな記憶だ。あのときはすごく動揺していたし、相手の顔をまじまじと見られるほど心に余裕はなかった。

「その人とはもう会っていない？」

「会っていないも何も、本当に出会ったのは一瞬だけで……。助けてくれて親切な人だったなっていう思い出だけです」

「ふぅん……」

智也さんはもっとちゃんとした恋愛話を聞きたかったのかもしれないけど、期待に応えるような話ができなかった。あまりにも内容のない話だったからか、彼は不機嫌な表情になってしまった。

こんな話、つまらないよね。もっと面白い恋愛エピソードがあればよかったんだけど……。

「その男のこと、まだ好きだったりして？」

「そんなことないですよ。まったく相手にされていませんでしたし」

「何でそうだとわかるの？」

あれ？　まだ話が続いていた。

しかもぐいぐいと質問されている私。智也さん、いったいどうしたんだろう？

「連絡先を渡したんですけど、電話が来ませんでした」

突然会話が途切れて、ふたりの間に変な空気が流れる。智也さんは眉根を寄せて難しい顔をして、言葉が少なくなってしまった。

私、何か変なこと言ったかな？


そのあとは何だかぎこちなくなって、私たちのランチタイムは終わりを告げた。

智也さんのテンションが低くて、どうしたんだろうと心配になる。

声をかけても『何でもない』って言うから、そのまま別れてきたけど……大丈夫だったのかな？

ショップカウンターに戻ると、槙野さんが私の方に駆け寄ってきた。

「どこ行ってたの？　一緒にランチしようと思って追いかけたけど、社食にいなくて探したよ」

「あ、すみません！　近くのカフェにいました」

迂闊《うかつ》だった。プレジデントフロアに行ってました、なんて口が裂けても言えない。気をつけないとバレてしまいそう……。

いろいろと追及したそうな槙野さんだったけれど、お客さんがショップ内に入ってきたので、私は出入口まで歩き出した。

「いらっしゃいませ」

二十代くらいのＯＬ風の女性。茶色い巻き髪が綺麗で、可愛らしさと美しさを兼ね備えた上品な女性という印象を受けた。

そういえばここ最近、うちのショップの前で何度か見かけた人だ。いつも入ろうか入るまいか悩んでいる様子だった。でも今日は入ってきてくれたのだと嬉しくなる。

「……来店予約をしていなかったんですけど、お話を聞けますか？」

「はい、大丈夫ですよ。どうぞこちらに」

今日は比較的、予約が少ないし、時間的にも余裕がある。勉強中の身であるけれど、たくさん接客させてもらって実践を積むことで一人前になれるはず。ぜひ担当させてもらおう。

槙野さんに視線を送ると、小さく頷いてくれた。そのまま接客に入っていいよ、の合図だ。女性をカウンターに案内する。

「担当させていただく、五十嵐沙織と申します。よろしくお願いいたします」

「よろしくお願いします。……実は、一ヵ月以内に式を挙げたいんです。私たち、時間がなくて」

「一ヵ月……以内ですか」

「はい。早ければ早いほどいいです」

彼女の話を聞いて、なかなか難しい案件だと戸惑った。

一ヵ月とは、時間がなさすぎる。通常、結婚式の準備期間は平均して半年から一年ほどだ。それなのに一ヵ月なんて弾丸スケジュールに驚く。

目を丸くしていると、彼女は続けて話し出す。

「それから……ドレスは貸衣装とかじゃなくて、Valerie にしたいんです」

しかも、Valerie のドレス希望！　そうなるとオートクチュールだから、ますます一ヵ月じゃ難しい。でも最後まで彼女の話を聞こう、と相槌《あいづち》を打った。

「藤崎直樹さんのファンなんです！　彼の作るドレスに憧れていて、自分が結婚するときは、絶対にValerieのドレスを着るんだって心に決めていたんです。無理でしょうか……？」

カウンターを乗り越えるんじゃないかと思うほど身を乗り出して、女性は熱く語り出す。直樹のどういうところが好きなのか、好きになったきっかけは何だったのかなど、事細かに説明される。

「しかし、ですね……オートクチュールのドレスを作るとなると、最低でも三ヵ月はかかります。今からじゃ時間が足りないかと……」

「お願いします。一ヵ月で全部済ませたいんです。お金ならいくらでも出しますから」

カウンターに額がつくくらい深く頭を下げられて、これ以上何も言えなくなってしまった。

Valerieのドレスが好きだと言ってくれているのは、すごく嬉しい。ＰＷのカウンターに来てくれたのも、Valerieと提携したからだと話してくれた。

「……なぜ、そんなにも急がれているのですか？　よろしければお話を聞かせてください ませんか？」

頭ごなしに無理だとはねのけるのは違うと思ったので、理由を聞いてみることにした。それで何か打開策が見つかるかもしれない。

「私……付き合っている彼がいるんです。でも両親に交際を反対されていて、違う相手と結婚しなさいと言われています」

これはなんと！　王道のラブストーリーに出てくる設定みたいな話だ。

こういうエピソードに敏感に反応してしまう私は、彼女の話を、前のめりで聞き始める。

「それで、それで！」

「はい。彼はもともと私の高校の教師でした。学生時代からずっと好きで、卒業してから何度もアタックをして、やっと付き合ってもらえたんですけど……」

教師と元生徒という関係なんて世間体が悪い、と親は猛反対。彼女の父はホテルを経営しており、跡取りの候補に挙がっている青年を連れてこられて、結婚を強要されているのだとか。

「このままいけば、きっと私たちは別れることになる。だから強行手段に出ようと思ったんです。……駆け落ちしてしまおうって」

駆け落ち！

愛し合っている男女が、一緒になることを周囲に許されず、誰にも知られないとこ

ろにふたりで逃げること――の駆け落ちよね⁉

私の憧れのワードが次々出てきて、胸が高鳴りっぱなし。逆境にも負けないふたりのことを応援したい気持ちでいっぱいになる。

「本当は、郊外で式を挙げればいいんでしょうけど、どうしてもValerieのドレスが着たくて……。会場とセットで全て申し込めるこちらに来たんです」

「そうだったのですね。ありがとうございます」

「お金なら準備できています。式を挙げられたらそれで満足なんです。お願いします」

私がひとり立ちして初めてのお客さん。しかもValerieのドレスを希望されている。運よく私はValerieから来ている者だし、私にしかできない接客があるはず。どれだけ時間がなくても、彼女の望みを叶えてあげたい。

「すみません、立っていただけますか？」

「え？」

不思議そうにしながらも、お客さんは私に言われた通り立ち上がってくれた。彼女のスタイルを見て、隣に並んでみる。

彼女の身長は私と同じ。体型だってほぼ同じように見える。

「失礼いたしますね」

「は、はい……」

ポケットからメジャーを取り出し、肩幅、ビスチェライン、バスト、ウエスト……と必要な採寸を行っていく。

彼女の体型を細かくチェックして、やはり私とほぼ同じサイズだと確信した。

「実は私、Valerie の社員なんです。わけあってここに来ているんですけど……デザイナーの藤崎直樹は私の兄です。直談判してみようと思います」

「ええ！　藤崎直樹さんの妹さん？　本当ですか……⁉」

「はい。しかもお客様は、私とほぼ同じ体型をされています。これだったらサロンに通わなくても、私のサイズで作ったトルソーで採寸ができます。これも何かの縁かもしれません」

とりあえず、直樹と晴樹に許可を取らないといけないので、一旦席を外して電話をかける。

「……もしもし？」

『沙織、お疲れさま。どうしたの～？』

「直樹、お願いなんだけど、ウェディングドレスを三週間で作ってくれないかな？」

『はぁ？　バカなこと言わないでよ。最近ちょっとずつオーダーが入って、忙しくなってきたんだよ。っていうか、そもそもそんなタイトなスケジュールでのオーダーは受けてなかったでしょ。無理よ』

だよね。そう言われると思っていた。

だけどこんなお客さんがいて、どうしても叶えてあげたいのだと説得する。

『沙織と同じスタイルね……それが本当なら、できなくはない、かも……だけど』

直樹と晴樹は、私のサイズのドレスをいくつも制作してきた。他の人のものより、断然早く仕上げることができるだろう。

「直樹のファンだって言ってたよ。直樹の作るドレスが大好きで、Valerie のドレスで式を挙げたいって強く希望してるの。そんなファンのお願いを無視できる？」

『うーん……』

「ふたりのために政略結婚している妹のお願いだよ。ねぇ、直樹、お願い！」

『……それを言われると、何も言えなくなるわ。……わかった。けど一度はサロンに来てもらわないといけないよ。デザインの話をしないといけないから』

きっと直樹は勝手にオーケーしちゃったから、晴樹に怒られるんだろうな。でも晴樹だって協力してくれるはず。いつも安請け合いしてしまう直樹を叱る晴樹だけど、実際は直樹以上に努力してくれる、頼りになる兄なのだ。

ふたりに無理難題を突きつけてしまって申し訳ないけど、Valerieを好きだと言ってくれる人を無下になんてできない。

それからカウンターに戻り、彼女にオーケーだったたと伝えた。

「本当ですか？　本当に……⁉　嬉しいです、ありがとうございます‼」

「一緒に素敵な結婚式にしましょう。ではさっそく、会場のことなどを決めていきましょうか。それからドレスのデザインの話も」

「はい……！」

涙を浮かべて喜ぶ彼女を見て、こちらも嬉しくなる。


そして契約が成立し、彼女——高橋真紀《たかはしまき》さんの結婚式に向けての仕事が始まることになった。接客が終わり、バックヤードに戻ると、槙野さんが駆け寄ってきた。

「お疲れさま。すごいね、契約成立していたじゃない。おめでとう」

「ありがとうございます。でも、一ヵ月で全てを終わらせないといけないので、ハードです」

こんな未熟な私で対応できるのだろうか。真紀さんにとって大事な結婚式だから、失敗するわけにはいかない。

プランナーにとってはいくつもある挙式のひとつだけど、花嫁さんにとっては一度きりの結婚式。大事な日のお手伝いをする責務をひしひしと感じて、やりきることができるか不安になる。

「大丈夫、私もサポートするから。それに、いくつもの契約を抱えていないからこそ、きめ細かな対応ができるだろうし。五十嵐さんなら平気よ」

「槙野さん……」

「一緒に頑張ろうね」

「はい！」

槙野さんに励まされて、元気が出てきた。

いろいろと教わりながら今後のことを考えて、真紀さんにとってベストな挙式を提案できるように、準備に取りかかることにした。

君が好き

腕時計の時間を見て、小さなため息をつく。

――現在、午後八時。

妻である沙織がプランナーとしてひとり立ちして、カウンター業務に入るようになり、一週間が経過した。

自分のお客さんもついて、やり甲斐を見つけてくれて嬉しいと思う反面、心配も尽きない。今日も早朝から料理をして家事を完璧にこなし、フルタイムで仕事をしてからの残業中だ。

朝から晩まで忙しくしている沙織を見ていると、心配でたまらない。彼女のキャパを完全に超えていると思う。

なので、家事はもっと手を抜いてくれていいと伝えたが、『私は家事をするためにここに来ていますから、大丈夫ですよ』と一蹴されてしまった。

そもそも彼女に結婚を申し込んだとき、家事全般をお願いしたいなどと理由をつけてしまったせいだ。本当はそんなことを望んでいるわけではなく、そばにいてくれるだけでいい。

一緒にいるだけで満足だ。しかし、あまり面識のない男からそんなことを言われても気持ち悪がるだけだろう。だから理由としてそう言っただけだった。

それがこんなことになってしまい、今さらそうじゃないんだと話をしても、聞いてもらえそうにない。

「けどダメだ。ちゃんと休んでもらわないと」

つい呟いてしまった。

今日こそは何か手伝わせてもらおう。いつも『何か手伝う』と言っても、『大丈夫です』と断られてしまう。

きっと俺に遠慮しているからだ。仕事でヘトヘトになっている妻に、家のことまで全部任せているなんて、いい旦那とは言えない。

夫婦なのだから、協力し合って家事をしようと提案してみるつもりだ。彼女が何を言おうと一緒にやる。乙女思考の沙織だから、一緒にキッチンに立って料理をしたり、皿洗いをしたりすることは、旦那とやりたいことのリストに入っているはずだ。

ふたりでキッチンに立って、仲睦まじく料理をしている様子を想像して、少しだけ顔を緩ませてしまった。

ダメだ、ダメだ。今は仕事中だ。沙織のことを考えると、つい顔が緩んでしまう。

気を取り直して、パソコンで資料のチェックを始める。

いったいなぜ、こんなことになってしまったのだろうか。俺としては、普通の恋人たちのようにデートを重ねて、お互いを知ってから交際をして、それからひとつずつ順序を踏んで結婚をしたかったのに。

それなのに、政略結婚をすることになってしまった。

よく結婚が成立したなと感心さえする。絶対に断られると思っていた。いや、こちらが、向こうが断れないような状況を作ってしまったのか。

「はぁ……」

資料に目を通しているつもりが、文字を読んでいても目が滑っていく。

今はやめようとディスプレイから視線を外して、満足するまで沙織のことを考えることにした。

彼女との出会いを思い出す。

俺がブライダル業界に来る前のこと。姉がどうしてもValerieのドレスを着て式を挙げたいのだと言い出して、忙しい旦那の代わりにValerieに足を運んだとき――。

姉と俺の接客をしたのが沙織だった。まだ学生みたいに幼く、たどたどしい感じの接客だったが、心のこもった応対をしてくれた。

それに加えて容姿の可愛さ。素朴で飾りけのないナチュラルな雰囲気なのに、全てに可愛さが溢れている。心地いい声も、愛らしい仕草も、表情も、何もかもが可愛くて。俺のタイプどストライクな沙織に心を奪われた。

とはいえ、姉の付き添いなので、そのときは何もせず、ただ彼女を見つめるだけだった。

そのあとも忘れられずにいたけど、忙しさゆえなかなか行動に移すことができないまま時間が経過する。

それから俺はブライダル業界に進出し、Valerieのドレス発表会や他のウェディングフェアなどで彼女を幾度も見かけた。

しかし、あの藤崎兄たちがなかなかの曲者《くせもの》で……妹を溺愛していて、男を寄せつけないようにガードしていた。

当の沙織本人は気がついていないようだったが、あの双子の兄たちは妹を匿《かくま》って、変な男から守っているのだ。それでも何とかしてコンタクトを取ろうと試みたが、うまくいかず……。

「さすがに諦めようと思ったのにな」

ひとりごとを言いながら、社長室を出てすぐのところに置いてあるコーヒーメーカーでコーヒーを淹《い》れ、湯気の立ち上るそれをひと口飲んだ。

そして諦めかけていたとき、偶然に沙織と会った。ウェディングドレスを着た彼女が目の前に急に現れて、夢じゃないかと目を疑ったのだ。

あまり立ち寄ることのない知り合いの会社に、たまたま用があって出向いていたときの帰り、エレベーターに乗ろうとしてきたのが沙織だった。ドレスのまま帰れないと困っていた彼女を助けるため、俺にできることをした。

好意を持っている女性に、あの程度のことをするのは、当然のことだ。それ以上にもっとできることがあったら、してあげたかったくらいだった。

別れ際、彼女から名前を教えてほしいと言われた。それなのに格好つけて『名乗るほどではない』などと言ってしまった。本来であれば、こちらから彼女の連絡先を聞くべきなのに。

わかっているのに、大事なときにうまくできないなんて。仕事ならこんなミスは絶対にしないのに。恋は人を狂わせる。

しかし、お礼がしたいと言った沙織は、名刺を渡してくれた。その名刺に載っている電話番号にコールすれば、彼女と話せる。他愛のない話をすることもできるし、食事に誘うことだってできる。

沙織からもらった名刺を握りしめて、喜んだのも束《つか》の間。名刺に書いてあるスマホの番号に電話をかけると、Valerie のサロンに転送がかかっていた。

『はい。Valerie です』

男性の声が耳に入ってきて、緊張しながら電話をかけたこの純粋な想いを返してくれと言いそうになった。スマホの番号が書いてあるけど、転送がかかっているのかよ、と肩を落とした。

それ以外にもいろいろとアプローチをしたのだが、ことごとくあの双子の兄に邪魔をされ……そんなことをしているうちに三ヵ月が経過していた。

これではどうにもならない、と痺れを切らした俺は、手段を選ばずこのような結婚をすることに決めたのだが――。

本当は夫婦のフリなんかじゃなく、本物の夫婦になりたい。順番通りにできなかったけれど、これから長い時間をかけて沙織と想いを通わせていきたいと思っている。

けれど、俺の好意がエスカレートして、最近は暴走気味だ。必死で堪えているつもりだが、抑えきれないときがある。

この前だって、昔の恋愛話などを聞こうとして、聞いたあとは予想以上に落ち込んでしまった。

過去にいいなと思った男がいただなんて……。

俺以外の男を好きになっていたことに、ものすごく嫉妬した。

過去に嫉妬とは。子どもじゃあるまいし、三十歳にもなる大人のすることじゃない。しかも聞いたのはこちらなのに、聞いてショックを受けているのが情けない。

『まったく相手にされていませんでしたし』

沙織はそう言っていたが、絶対にそんなことはないはずだ。

彼女に好意を持たれて、相手にしない男なんて、この世に存在するはずがない。そんな男がいたなら俺が許さない。

しかしその男とうまくいっていたら、現在のこの結婚はなかったかもしれないから、結果としてはうまくいっていなくてよかった。

『連絡先を渡したんですけど、電話が来ませんでした』

それは彼女の兄たちが転送をかけていたからだ。

沙織が電話番号を渡した相手も、きっと連絡していたに違いない。しかし、電話がかからなかったのだと推測する。兄たちに邪魔をされて、俺と同じ目に遭ったのであろう男性に同情した。

けれど今となっては、兄たちに感謝しよう。そのおかげで俺にチャンスが回ってきたのだと。

ひと通り想いを馳《は》せたところで、俺のスマホにメッセージが入ってきた。沙織だ。

【もうすぐ終わります】

【了解。駐車場で待ってる】

彼女が着替え終わって出てくるまでに車の準備をしておこうと、俺も終業の支度をして部屋を出た。

「社長、お疲れさまです」

「ああ、お疲れ。見送りはいいから、君ももう上がっていいよ」

プレジデントフロアにある秘書課のデスクから立ち上がり、山口はもう一度「お疲れさまです」と頭を下げた。

そのまま廊下まで足早に歩き、エレベーターのボタンを押して、やってくるまでの時間をやり過ごしていると、背後から追いかけてくる足音が聞こえた。

「社長、あの」

「……ん？」

社長秘書の山口は、長身でモデルのようにスレンダーなスタイルをしている。別に容姿で選んだわけではないが、彼女は見た目だけでなく教養も文句なしの逸材で、よく気が利くし頭の回転が速い。こちらが何を要求しているか、先を読んで行動できる優秀な社員だ。なので、俺がこの会社を立ち上げる前から彼女を秘書につけている。

「お引き止めして申し訳ございません。社長のご結婚を知っている社員だけで、お祝いをさせていただきたくて……こちらを」

彼女が差し出したのは、オシャレなインテリアブランドのカタログギフトだった。

「こんなことをしなくてもいいと言っていたはずだろう」

「みんな祝福したい気持ちがあるんです。どうぞお受け取りください」

困ったな。社員たちに気を使わせてしまった。

結婚の通達をしたのと同時に、祝儀などは一切受け取らないと付け加えていた。こんなふうに気を使わせたくなかったからだ。

「しかし……」

「受け取ってくださらないと、みんなの気持ちを無駄にすることになります」

そう言われてしまうと断れなくなる。

ここでいらないと言うわけにもいかないし、ここはしっかりと彼らの気持ちを受け取っておこう。

「じゃあ、遠慮なくいただくよ。ありがとう」

「社長、もしよろしければ……なんですが」

「何だ？」

「みんな、社長の奥様に挨拶をしたがっています。会社では内緒ですし、奥様のことを知っている者だけ、よろしければご自宅に招待していただけませんか？」

「ええ？」

どうやらこのお祝いのお礼に、沙織とのことを知っている上層部だけを自宅に招いてくれ、という話らしい。まいったな。

「妻にも都合があるだろうから、聞いておく」

「はい。楽しみにしていますので、よろしくお願いします」

笑顔でそう言われてしまい、どういうリアクションを取っていいかわからず、曖昧な笑みでやり過ごした。


仕事を終えた沙織を乗せ、俺は車を運転しながら、先ほどの山口との出来事を話す。

「今日、上層部の社員たちからこれをもらった。結婚祝いだそうだ」

「わぁ～っ、素敵！　ここの雑貨、すごく可愛いものばかりなんですよ」

カタログギフトを手渡すと、沙織は目を輝かせて嬉しそうにページを捲っていく。

「好きなものを選んでいいよ」

「私が選んでいいんですか？」

「ああ」

わーい、と喜んで、どれにしようか悩んでいるところを見て、俺も嬉しくなる。

「それから……うちの社員たちがお祝いをしたいと言ってくれている。知っている者たちだけを呼んで、ホームパーティーでも開催しようかと考えているんだけど……沙織はどう思う？」

「ホームパーティーですか？　いいですね、楽しそうです！」

「えっ」

予想外の反応が返ってきて拍子抜けした。まさかそんなリアクションだとは思わなかった。助手席にいる彼女は、はしゃぎ始める。

「ホームパーティーなんて、新婚さんっぽいです。恋愛ドラマでよく見るやつですよね。ああ〜、憧れる」

「なるほど……」

彼女の乙女の憧れラインナップには、ホームパーティーも含まれていたのだと驚かされる。こういうことは面倒くさいと言われてしまうかと予想していた。

休みの日まで俺の都合で振り回してしまうことを申し訳なく思っていたが、喜んでくれていることにホッとした。

「迷惑じゃないか？」

「迷惑なわけないじゃないですか。私も、智也さんと一緒にお仕事をされている方々にお会いしたいです」

ああ、なんていい子なんだ……。運転中じゃなかったら、頭を撫でてぎゅーっと抱きしめているところだ。

「じゃあ、今週末でもいい？」

「いいですよ。お掃除、頑張らないと」

「俺も手伝うよ。今まで君に任せっぱなしだったけど、俺も一緒にやる」

仕事をしているという条件は、ふたりとも同じ。家事だって同じ分量をこなすのがフェアだ。最初は家事全般を頼むと言っていたけれど、これからちゃんと分担制にしようと提案した。

「でも……私、そのためにこの家に来たのに……」

「気にしなくていい。そう決めたから、いいだろう？」

「強引ですね」

「ああ。ここは譲らない」

助手席に座る沙織は、困ったような笑顔で俺を見ている。

俺のわがままで振り回して、ごめん。

俺のことをどう思っているかわからないけど、少しでも沙織に近づきたい。いろいろなことを共有して、ふたりの距離を縮めたい。

柄にもなく純粋で、くすぐったいような気持ちで心が埋めつくされて、幸せに浸っている。

沙織がいると、張りつめていた空気が柔らかくなる。

沙織のことが好きだなと噛みしめて、ふと隣を見ると、彼女はカタログを抱きしめたまま頭を揺らして眠りそうになっている。

疲れているんだなと思って静かにしていると、そのまま窓の方に頭を預けて眠ってしまった。その姿でさえ可愛くて仕方ない。

こんなに可愛いこの女性が、俺の妻になってくれた。好きで仕方ない沙織を独占できているという優越感が、たまらない。

このままずっと、俺だけのものでいてほしい。こんなに素敵な人だということを、誰にも知られずに俺だけが知っていたい。

初恋のような気持ちを抱いて、三十歳にもなって子どもみたいだなと自嘲する。

ぐっすりと眠っている様子を見て、気を許してくれているのか、男として意識されていないのか、複雑な気持ちを抱えながら彼女の寝顔を見つめていた。

一緒に寝よう

ぱちっと目を開いて、またやってしまった！と勢いよく体を起こした。

「あれ……」

仕事終わりに私服を着ていたはずなのに、今はパジャマに着替えている。

こ、こ、これは⁉

暗い寝室の中、ベッドサイドにあるライトに手を伸ばして、灯りをつけてみる。

隣には智也さんの姿がある。すやすやと寝ている様子を確認したあと、パジャマの上から胸を確認すると、下着はつけているみたいだった。

もしかして、見られた⁉

あまりの衝撃に眠気が吹っ飛んでいった。

大変だよ、これは一大事だ。男性に下着姿なんて見せたことはないのに、智也さんに見られちゃった⁉

きっかけはともあれ、智也さんは格好いいし、仕事はできるし、優しいし、頭はいいし、非の打ちどころがないほど素敵な男性だ。

仕事帰りに眠って、そのまま夕食の支度もせずに寝続けてしまった私のことを着替えさせて、寝かせてくれるなんて、旦那様としてパーフェクトすぎる。

こんな素晴らしい人が旦那様なんて……政略結婚とはいえ、すごく恵まれていると思う。

それに対して私は、ちゃんと妻としての務めを果たせているのかな。

ベッドを抜け出してリビングに向かい、冷蔵庫を開けると、私が下ごしらえをしていたものを使ってちゃんと晩ご飯を作ったようで、私の分だけおかずを残してくれていた。

それから朝ご飯の準備もしてあって、掃除も洗濯もしてある。

あわわわ……。智也さんに全部お任せしてしまった。しかも全て完璧。

もともとひとり暮らしをしていた彼だから、ある程度は家事ができるんだろうな。

私が初めてこの家に来たときも、とても綺麗に整頓されていたし……。

旦那様が完璧すぎる！なんて贅沢《ぜいたく》な悩みだ。口にしたら、世間からバッシングされちゃいそうな内容。

それに比べて、私のできなさ具合に肩を落とす。

ダメダメ妻だけど、もっと智也さんに認めてもらえるようないい妻になろう。

『沙織といるとホッとする』って言われたい。そんなことを想像して、悩ましげなため息をつく。

こういうの、女子の憧れだよね～。それから、キッチンで料理をしているときにバックハグなんかされちゃって、『好きだよ』と言われたら、もう最高なんだけどなぁ！

……智也さんは私の旦那様だし、こういうことがあっても問題ない間柄で――とはいえ、それは普通の夫婦間の話で。

自分で自分にツッコんで、冷蔵庫からお茶を取り出してコップに注ぎ、一気に飲み干す。

私の体を見て、どう思っただろう？　ちょっとはドキドキしてくれたかな……？それともまったく興味なしだったりして？

はぁー。何でこんなに刺激的なことばかり起きるんだろう。智也さんといると、いつもドキドキしっぱなしだ。夫婦生活って、こんなにトキメキが多いものなの？　あ、もう、心臓がもたないよ。

ひとりでいろいろと妄想して照れていると、突然背後からぎゅっと包み込まれた。

「きゃあ！」

「沙織、探した」

まだちょっと寝ぼけているみたいな声で話しかけてきたのは、智也さんだった。

寝起きだからすごく体が温かい。そのちょっと熱っぽい体に捕まえられて、私は身動きが取れなくなってしまった。

「起きたら沙織の姿がなかったから、心配した」

「ご、ごめんなさい」

甘えるように首元に顔をすり寄せられて、ドキドキが止まらなくなる。智也さんの寝ぼけているときの仕草は、ずるいくらい可愛い。

慌てふためいていると、そのまま手を繋いで寝室に連れていかれてしまった。

そして、まだふたりのぬくもりの残ったベッドに押し込まれ、横からぎゅっと抱きしめられる。

「一緒に寝よう」

「……はい」

智也さんは夢の中にいる延長でそんなことをしちゃうのかもしれないけれど、私には刺激が強すぎるよ！

抱き枕を抱きしめているみたいに私のことを抱き寄せる旦那様は、すうすうと健やかな寝息をたててすぐに眠ってしまった。

セットされていないサラサラな髪が、私の頬に当たっている。そっと手を伸ばしてその髪を撫でて、こうしてふたりで一緒に眠れることをとても嬉しく思う。

私たち、好き同士で結婚したわけじゃないけど、今はこの穏やかな時間が大切だと感じている。智也さんといると、憧れているシチュエーションが次々と訪れて、いつもドキドキしっぱなし。

でも、こんなふうに心地いい時間もあって、ずっとこうしていられたらいいなって思う。

これって、好きってことなのかな……？

今までちゃんとした恋愛をしてこなかったから、これが恋なのかどうかわからないけど、智也さんのことを大事だと思う気持ちに間違いはない。

好き。

恋とか愛とかわからないけど、シンプルに智也さんのことを好きだと感じる。

ずっとこのままでいたい。

その言葉を心の中で繰り返し呟いて、私も智也さんに体を寄せて目を閉じた。

憧れのホームパーティー

毎朝九時半から出勤して、カウンター業務。

その合間に、会社の中にある練習用のスタジオで模擬結婚式をして、本番当日の練習をする日もある。

基本的に私のお休みは平日で、週末は本物の結婚式に参加して、先輩の動きを見させてもらっている。

そして現在は、抱えている顧客である真紀さんの準備の最終調整に入っていた。

午後から少しだけ自由な時間ができたので、Valerie で真紀さんのドレスのチェック中。

「沙織から話を聞いたときは、ちょっとくらい誤差があるんじゃないかって思ったけど、本当にスタイルがほぼ一緒だった」

「だよね。実は私も驚いてる」

私と打ち合わせてすぐに、真紀さんは Valerie に足を運び、直樹と晴樹とデザインの方向性について話を詰めてくれたみたいで、そのときに採寸も済んだようだ。

「だから、真紀さんの体にドレスを合わせたいときは、私が手伝うから」

「助かる」

直樹も晴樹もこれ以外の仕事を抱えているのに、納期が短い真紀さんのドレスを最優先でやってくれている。

「ごめんね、無理言って」

「こちらこそ、お前に無理言ってやってもらっているからな。頭が上がらねぇよ」

今回真紀さんが希望したのは、〝ナオキライン〟といって、藤崎直樹が考案した独特のラインを出したValerieの代表作であるドレスだ。

ボディラインを計算し、出すところは出して、締めるところはきゅっと締めているという、スタイルがとてもよく見えるもの。だから私も大好きなデザイン。上質なシルクオーガンジーとレースをふんだんに使用した、贅沢で美しいドレスでもある。

デザイン画を見て、私はうっとりしてため息を漏らした。

「はぁ～、綺麗だなぁ。仕上がりが楽しみだね」

「直樹も相当気合いが入っていたからな。自信あるみたいだぜ、このドレス」

今回のドレスの特徴は、レースが何層にも重なり、美しく広がるロングトレーン。

大きな螺旋《らせん》階段のある会場で式を挙げることになっているので、階段で写真を撮れば、ロマンティックな仕上がりになるに違いない。

ウェディングドレスは白であることが前提だけど、白にもホワイト、オフホワイト、アイボリーと、いろいろな種類がある。今回のドレスはオフホワイトに決まったよう。

挙式は神父に向かって立っている時間が長いので、ドレスは後ろ姿のデザインが凝っているものが多い。今回のドレスも後ろ姿が目を引くタイプで、ウエスト部分にちりばめられたパールがキュート。デザインも立体的で華やかだ。

はぁー、見ているだけで幸せな気持ちになってきた！

こんなドレスが着たいな、と女性が憧れるようなデザインで、今から胸が弾んで興奮してくる。

「いいなぁ」

やっぱり結婚式って女子の憧れだよね。羨ましい！

仕事を忘れてそんなことを考えていると、晴樹が苦笑して私の方を見た。

「お前もすればいいだろ、結婚式」

「へぇ？」

「結婚したんだから。旦那とそんな話してねぇのか？」

私が結婚式？

突然そんなことを言われて、口をあんぐり開けて驚いてしまった。

まったく予想していなかった内容で、ピンときていなかったけれど、そういえば私も結婚したんだ。完全に忘れていた！

「私は、そういう結婚じゃないし……」

「式を挙げたかったら、言えばしてくれるだろ。旦那はブライダル業界で人気のＰＷの社長なんだし」

そうだった。私の旦那様はブライダル会社の社長。そして妻の私はウェディングプランナー。そんなウェディングに近しいふたりが式を挙げていないなんて……なんということ。

それで他人の挙式を見て胸をトキメかせているとは、どういうこと⁉

自分の置かれた状況を思い出して、がっくりと肩を落とした。

「何で落ち込むんだ？」

「近いところにいるのに、自分には無縁だと実感したからだよ……」

ブライダル業界にいるふたりがこんなのでいいの？　悲嘆したくなったけれど、今はとりあえずそのことについては置いておこう。

ドレスのチェックが終わったところで、父の様子を見てから、私はＰＷに戻った。

そして日曜日。いつもなら仕事だけど、今日は特別に休み希望を出して休日にしてもらった。ＰＷの上層部の方々が自宅に来られるので、私と智也さんは朝から一緒に準備をしていた。

「本当に、デリバリーにしなくてよかったのか？　大変じゃないか？」

「大丈夫です。簡単なものしか作っていませんから」

ホームパーティーの醍醐味《だいごみ》として、やっぱりここは手料理だよね。

結婚したんだから、妻らしいことをしなくちゃ！ってことで、土曜日の夜から睡眠時間を削って何品か作ってみた。

けれど私に作れるものなんて、相変わらず大したものじゃなくて簡単なものばかり。トマトとモッツァレラチーズのカプレーゼ、カナッペ、唐揚げ、キッシュとかそんな感じ。あとはオーブンにお任せして、メインになるグリルチキンを作ろうと考えていた。

これで十数人分なんだけど……足りるかな？

テーブルに並べてみたらそれなりに見えたので、どうにか完成したと喜ぶ。智也さんがワインやシャンパンを準備してくれて、あとはお客様たちがやってくるのを待つだけ。

「沙織、たくさん作ってくれてありがとう。あいつらも喜ぶと思うよ」

「お口に合えばいいんですけど……」

「平気だよ。よく頑張ったな」

智也さんに頭を撫でられて、私ははにかんで照れ隠しするように俯いた。

こう言ってもらいたくて頑張ったんだ。智也さんに喜んでほしくて、その一心で頑張れた。褒めてもらえたので、胸が熱くなって嬉しさが込み上げてくる。

「沙織」

「ん……？」

名前を呼ばれたので顔を上げると、ちゅっと唇にキスをされた。少し触れ合うだけの口づけ。

唇が離れると、何だか名残惜《なごり》しくてたまらない。

最近、私、おかしいみたい。それだけじゃ満足できなくて、もっとしてほしいって思ってしまう。

何度もキスしたいし、もっと長く触れ合っていたいとも思う。どんどん欲張りになっていく気がする。

……どうして？

そんなことは恥ずかしくて言えないから、キスが終わったあと、何も言わずに智也さんを見つめてしまう。

「もっとしてほしい？」

私の心の中を読んだみたいに、智也さんは囁いてきた。

『うん』って言っていいの？　『そうだよ』って言ったら、智也さんはどう思う？

素直に頷きたいのに、どうしていいかわからず彼の顔を見つめ続けていると、もう一度キスをされた。

ああ、もう。どうしよう！

胸の鼓動がどんどん速くなっていく。自分ではコントロールできないほど、智也さんに反応している。私の中から好きという気持ちが溢れて、言葉に出してしまいそうになる。

もっと、もっと。もっとキスして。ずっと触れ合っていたい。近くに智也さんを感じたい。

智也さん、好き――。

胸の高鳴りを感じながら、彼の唇に酔いしれていた。

この時間が永遠に続けばいいのにと願っていたところで、インターホンが鳴って現実に引き戻される。

「来たみたいだな」

「……ですね」

何だか気まずくなった私たちは、少し離れて、来客たちが部屋の前に来るまでやり過ごした。

「こんにちはーっ」

今日家にやってきたのは、人事部長、専務、レストラン事業本部長、婚礼部長、そして秘書課の女性ふたりと山口さんの、男女合わせて七人だった。

「社長、豪華なマンションにお住まいなんですね！」

「顔認証で鍵が解除だなんて、すごいですね。最新ですね～」

女性社員たちはきゃあきゃあと黄色い声を上げていて、テンションが高い。

「セキュリティだけはしっかりしているところがよくて」

「セキュリティだけじゃないですよ。ここ、セレブの住んでいるマンションじゃないですか！　いいですね」

秘書課の女性たちはみなさん綺麗で大人の女性って感じだけど、話すとキュートで親しみやすそうな印象だ。

はしゃぐふたりの隣にいる山口さんは、相変わらず一般人とは思えないような、ずば抜けた美しさ。凛《りん》とした顔立ちに、長身でスタイルがいいので、シンプルなワンピースを着ているのにすごく華やか。雑誌から抜け出してきたみたいにオシャレで、自然に見とれてしまっている自分に気がつく。洋服も小物もメイクもセンスがよくて、憧れてしまう。

「社長、奥様を紹介してください！」

秘書課の女性たちは、ニコニコしながら私に視線を向けた。智也さんは私の背中に手を添えて紹介し始める。

「ああ。こちら、妻の沙織だ」

「はじめまして。五十嵐沙織です」

「わぁ〜、奥さん可愛いー」

「いいなぁ、社長。羨ましいですね」

「こんな可愛い奥さんがいたら、働きまくりだった社長が定時で帰るようになるのも納得ですよ」

頭を下げて挨拶をすると、みなさん温かい声をかけてくれた。

「いえいえいえ」と謙遜するけど、社員さんたちは嬉しい言葉ばかりを言ってくれる。きっと社長の奥さんってことで、気を使っているに違いない。それなのに、こんなふうに言ってもらえると、素直に喜んでしまう単純な私。

「そうだろう。沙織は可愛いよ」

えええっ！　まさか智也さんまでそんなことを言うなんて予想していなかったから、驚いた。

私たちのルールで、ちゃんと夫婦らしく振る舞うという条件があったから、そういうふうに言っているんだろうけど、智也さんに可愛いなんて言われたら、私……ああ、照れてしまう。

「えへへ……」

しまった、笑っちゃった。笑わないでおこうって思うのに、ダメだ、嬉しいよ……。

「奥さんの照れた笑顔、本当に可愛いですねー」

「だろ」

社員のみなさん、来てくださってありがとうございます。智也さんにこんな言葉をかけてもらえて、とても嬉しい日になりそうです！

浮かれ気分で周りを見ていると、ふと山口さんと目が合う。他の人がにこやかにしている中で、彼女だけが真顔で私を見ていた。

微笑みかけると、目を逸らされてしまった。

あれ……？　どうしたんだろう？

気になって声をかけようとしたとき、山口さんが口を開く。

「奥様、いくつかお皿をお借りしてもいいですか？」

「え。あ、はい、どうぞ」

さっきまでの真顔が嘘のような笑顔を浮かべて話しかけられて、驚きながらも彼女に応じる。言われた通り何枚か皿を出すと、彼女の持っていた大きな紙袋からいくつかの保存容器が取り出された。

「実は私……社長がお好きなものを作ってきました」

彼女が出した料理は、鯛《たい》とムール貝のアクアパッツァに、スペアリブ、それから海鮮をたくさん使ったパエリア。私には絶対に作れないような、彩《いろど》り鮮やかで豪華な料理に圧倒される。

「社長と一緒にベルギーに行ったときに食べた、ムール貝のアクアパッツァです。あの味が忘れられないとおっしゃっていたので、再現してみました」

「へぇ、すごいな」

「ちょっと自信あります」

嬉しそうに話す山口さんを見て、なぜか胸がズキンと痛んだ。

智也さんと山口さん、一緒にベルギーに行ったことがあるんだ。しかも同じ料理を食べたってことだよね。

……ふたりで行ったのかな？

こんな綺麗な人と一緒に海外旅行かぁ。仕事で？　プライベートで？　もしプライベートだったら、ただの社長と秘書の関係じゃないよね……？

もしかして、恋愛関係だったとか？

いやいや、そんな相手を堂々と妻に紹介しないよね。智也さんがそんなことをするとは思えない。

きっと私と出会う前に、仕事で行っただけだよ。

そうだと思うけれど、チクチクと胸の痛みを感じている。

でもそんなふうに思っていることを悟られたくなくて、私も笑顔で彼女の話を聞いていた。

「さぁ、みんなで食事にしよう」

ゲストと私たちでテーブルを囲んで、食事会がスタートする。智也さんが今日のために用意したワインで乾杯をして、みんなそれぞれに料理を取り分けて食べ始めた。

明らかに見劣りする私の料理を食べてもらうのが、申し訳なくなってくる。私も山口さんみたいに、鮮やかに美しく盛りつけができたらよかった。

直樹のSNSを見て勉強しているはずなのに、まだまだだな、と反省していると、隣の席の智也さんが私の顔を覗き込んできた。

「沙織の作った料理、もっと食べたい」

「は、はい。もちろん、どうぞ食べてください」

「じゃあ、取り分けをお願いしてもいい？」

「はい」

智也さんは私から料理を受け取ると、嬉しそうに食べてから、「美味しい」と言ってくれる。

「社長、顔がゆるゆるですよ～」

「社長のこんな姿を見るのは初めてです。奥さんには甘い顔をされるんですね」

社員さんたちはそんなふうに、私と智也さんをはやし立ててくる。

「家でくらい、リラックスしたいだろ。可愛い奥さんに癒《いや》されて、美味しい食事をして、言うことなしだよ」

「わぁ、いいなぁー」

ねぇ、智也さん。そんなふうに言ってくれて、すごく嬉しいんだよ。

こういう場だから、仲のいい夫婦のフリをしているだけかもしれないけど、みんなの前で褒めてくれたら、私、単純だから喜んじゃう。

明日からもっともっと頑張ろうって思う。本当に単純で笑われちゃうかもしれないけど……。こういう些細《ささい》な言葉が嬉しい。

全部を真に受けちゃいけないって思うのに、わかっているはずなのに、受け止めてしまって舞い上がっている。

そして、どんどん智也さんのことを好きになっていってしまう。自分の立場とか、どうしてここにいるようになったのかとか、そういうことを全部忘れて惹《ひ》かれている。

ダメだなぁと思うのに、全然止められなくて、智也さんを見つめて胸をトキメかせている。

料理のことで落ち込んでいたはずなのに、智也さんが美味しいって言ってくれたから、それでいいかと思えるようになった。

食事が一段落したところで、山口さんが立ち上がってテーブルの上を片づけて、おつまみや軽食を並べ、グラスを新しいものに替えていく。

「あ、ありがとうございます。私がやりますので、どうぞ座っていてください」

「いえいえ。こちらこそ、たくさん準備してくださっていますので、これくらいさせてください」

ゲストにこんなことをさせるなんて。もっと気配りするべきだったと反省して、汚れた食器をシンクに運んで、さっと流して食洗器に入れる。

それからデザートの準備などをしている間に、みんなはソファに移動して楽しそうに歓談していた。

そして智也さんの隣には山口さん。優雅な仕草で、社長である智也さんに飲み物をついでいる。

山口さん、綺麗で料理も上手で、気が利いて素敵な人なんだな。さすが社長秘書だけあって、智也さんのことをすごくよくわかっているみたい。

智也さんが次に何を欲しているか、すぐに察知できるようで、何も言われなくても求められていることが理解できるんだろうな。

そんな息の合ったふたりのやり取りを見ていると、すごいなと感心するのと同時に、私も智也さんとあんなふうになれたらいいなと思った。

「社長、今日はありがとうございました」

「幸せのお裾分けをしてもらって、こちらも幸せな気分になりました。ありがとうございました！」

ほろ酔いの社員さんたちをマンションの前で見送り、全員がそれぞれタクシーに乗るところを見送る。

「いつでも遊びにいらしてください」

「ぜひ！　また呼んでくださいね」

タクシーに乗り込む専務に声をかけると、満面の笑みで答えられた。

「おいおい。こいつにそんなことを言ったら、毎週来るようになるぞ」

「はい！　可愛い奥さんに会いに来ます！」

「おい」

「冗談ですよ。そんなに怖い顔をしないでください」

智也さんと専務のやり取りを見て、くすくすと笑う。

普段、智也さんが会社の人たちとどういう関わり方をしているのか見ることができて、とても有意義だった。こうしてホームパーティーができてよかったと思う。

「じゃあ、ありがとうございました〜」

最後のひとりだった専務を見送って、ホッとひと息つく。みなさんいい人たちばかりで楽しい時間だった。

あまり手慣れていなかったから、もっとおもてなしの勉強をしなければならないなと反省。みなさんは楽しんでくれたかな……？

「お疲れさま。今日は一日ありがとう」

「いいえ、こちらこそありがとうございました。至らなくてすみません。もっと上手におもてなしができればよかったんですけど……」

「そんなこと考えなくてもいいよ。充分すぎるほどやってくれていたから」

智也さんは私の頭をくしゃくしゃっと撫でてくれた。

「沙織はいい奥さんだよ」

「きゅ、急に何ですか？」

「そう思ったから、そう言っただけだよ」

じっと熱く私を見つめる智也さんの瞳から、目が離せない。優しく微笑みかけられて、私の胸の鼓動は速くなっていく。

いきなりそんなふうに褒められたら、照れるよ。

智也さんに恥をかかせたんじゃないかと不安だったけど、そう言ってもらえると救われる。

「俺たちも部屋に戻ろうか」

「はい」

ふいに手を握り、智也さんは歩き出す。

最初は普通の握り方だったのに、エレベーターの前に来ると、指を絡ませるような握り方に変わった。

わ、わわ……。これって、恋人繋ぎだ。

智也さんの大きくて綺麗な指が、私の手に絡まっている。そう思うと恥ずかしくて嬉しくて、顔が熱くなってくる。

手を繋いで向かう先は、ふたりの家。

ああ、幸せだ。好きな人と一緒の家にいられる。他の人たちとは離れてしまうけれど、私たちの帰るところは同じところ。それが特別な感じがして、夫婦なんだなって実感する。

これで両想いだったら、最高なんだけど……それは望みすぎかな。

今はこれで充分。私にはもったいないくらいの結婚生活だ。

そんな幸せいっぱいの休日を経て、翌日は出勤し、慌ただしく仕事をしていると、思わぬ事件が起こった。

ショップカウンターに現れた中年男性が私を呼びつけ、顔を合わせるなり名刺を差し出し、冷ややかに話し出す。

「高橋と申します。ここで申し込みをしている高橋真紀の父です。申し訳ないですが、挙式をキャンセルしてください」

「ええ……っ?」

突然の話に驚いて、目を見開いた。

いったいどういうこと⁉

状況を把握できずに驚いていると、男性は話を続ける。

「娘の結婚はなくなりましたので、キャンセルをお願いします」

「申し訳ございません。契約者様ご本人からでないと、キャンセルは承れないようになっておりまして……」

「そうですか。でしたらそのままでも結構です。しかし金輪際、娘はここに来ません。

代金は支払いますが、当日は来ないものと思ってください。では」

そう告げると、男性は早々に立ち去ってしまった。

嘘。これって、すごくまずい状況だよね。真紀さんに何があったんだろう。

お父さんの厳しい表情からして、挙式のことがバレて、キャンセルすることになってしまったのではないかと推測する。

それより、このまま真紀さんのお父さんを帰してはいけない。彼女はこの結婚式を誰より楽しみにしていて、挙げることを望んでいる。彼女が望んでいるのなら、何としてでも最後までやり遂げたい。

真紀さんのお父さんを説得しなければ！と私は急いで走り出す。ショップの前の大通りに出ると、周囲を見渡した。

――いた！

前方に、先ほどの男性の後ろ姿を見つけて、再び全速力で走る。そして男性の前に回り込み、足を止めてもらった。

「すみません！」

「な……何でしょうか？」

突然追いかけて声をかけたものだから、真紀さんのお父さんを驚かせてしまったみたい。何事かと警戒したような表情で見られている。

「真紀さんの結婚がなくなったとおっしゃいましたが、いかがされたんでしょうか？」

大きな事故に遭ったとか、体調が悪くなってしまったとか、真紀さんの身に何か起こったのではないかと、まずはそこを確認する。

「別にどうもしていません。勝手な真似《まね》ばかりするので困っているんです。結婚だって許していないのに、挙式の準備を進めて……はぁ」

真紀さんのお父さんの話を聞いて、彼女自身に何かがあったわけじゃなくてホッとした。

しかし、キャンセルを申し出てこられたということは、やはり結婚に対してまだ揉めたままということだ。

「あの……私がこんなことを言うのは不躾《ぶしつけ》かと思うのですが、どうかお嬢様の結婚式をこのまま見守っていただけませんでしょうか？　お願いします」

深くお辞儀をする。

真紀さんはPWのショップカウンターに入ってくるまで、何度も何度もウィンドウから中を眺めて、やっとの思いで足を運んでくれた人。両親に結婚を反対されていて、このまま愛する人と離れてしまうかもしれないという不安を抱えたまま、どうしても結婚式を挙げたいんだと私に訴えかけてきた。

Valerieのドレスについて嬉しそうに伝えてくれたことや、彼のことを愛しているのだと話してくれたことを思い出したら、私は自ずと頭を下げていた。

「何なんですか、あなたは。娘のことはあなたには関係ないでしょう。そこまでしていただく義理はないですよ」

「いいえ。私は真紀さんの担当のプランナーです。ご両親に反対されていても、どうしてもこの式を挙げたいのだとお伺いしていました」

最初は、一ヵ月以内に挙式をするなんて無理だと思った。だけど彼女の熱意を感じて、私は全力でサポートしようと決めたのだ。

真紀さんに幸せになってほしい。その一心で何度も頭を下げる。

「娘のためにそこまでしてくださるのは、なぜですか。先ほども言った通り、代金はちゃんと支払います。あなたの成績には響かないでしょうから、心配なさらなくても結構ですよ」

私がここまで必死になっているのは、自分の業績のためだと思われているみたい。

違う、そうじゃない。担当プランナーとしてじゃなく、ひとりの人間としてお願いしている。

「仕事だからお願いしているのではないんです。真紀さんとお話ししていく中で、彼女のことを心から応援したいと思いました。それから、幸せになってほしいと願っています」

好きな人と幸せになってほしい。ただそれだけだ。

駆け落ちをすると言っていたけれど、できれば両親に認めてもらって結婚できるに越したことはない。周囲に認められたら、駆け落ちなどしなくていいのだから。

「お父様も、そう思われていますよね？　きっとお嬢様の幸せを願っていらっしゃるはずです」

「当たり前です。真紀のことを心配して、私は……」

「お嬢様の幸せは、愛する彼と結婚することです。式だけでも挙げさせていただけませんか？」

お父さんも、真紀さんの幸せそうな表情を見たら、きっと心が変わる。彼女の一番の幸せは何なのか、気がついてくれるかもしれない。

「結婚を許していないのに、挙式を許すわけがないでしょう。バカバカしい」

「そうなんですが……でも、どうかお願いします」

「……とにかく、娘は行きませんから。失礼します」

「どうか、お許しになってください！　お願いします」

私をかわして、真紀さんのお父さんは足早に歩いていってしまった。遠くなっていく背中に向かって、もう一度大きな声をかける。

「どうかお願いします……！」

私の呼びかけに反応はなかった。

真紀さんのお父さんの背中が小さくなるまで、私はその場から離れられずにいた。

真紀さん、どうなるんだろう……。

このまま結婚式は中止になるのかな。せっかく真紀さんのためだけにデザインされたドレスも完成しているのに。

チャペルの準備が整って、あと少しで本番ってところで、こんなトラブルが起こってしまった。

「五十嵐さん、大丈夫だった？」

とぼとぼとショップの前まで戻ってくると、心配していた様子の槙野さんが、外まで迎えに来てくれた。

「新婦のお父様、まだお許しになっていないのね」

「……そうみたいです。当日も娘を行かせないと言われてしまいました」

槙野さんは肩を落とす私を、「元気出して」と励ましてくれた。

「ありがとうございます」

「新婦のフォローをしてあげないとね。きっと落ち込んでいるだろうし」

「はい」

これからどうしていくのがベストか、一緒に考えようと言ってくれた槙野さんに感謝していると、私たちの元に別のプランナーが駆け寄ってくる。

「槙野さーん！」

「どうしたの？」

「見てください。社長と秘書の山口さんですよ」

私たち三人は、柱に隠れながら本社出入口の方に視線を向ける。

忙しそうに歩く智也さんと、後ろについている山口さんの姿が見えた。長身のふたりが並んで歩いていると、それだけで華々しくて目立つ。

「あのふたり、デキてるって噂ですよね」

「うんうん。社長も結婚したって言っているけど、あのふたり、怪しいよね」

「社長と秘書って四六時中一緒にいるから、恋愛に発展しやすいですもんね」

「社長と恋愛関係になれるなんて、羨ましいよねぇ〜」

声を揃えるふたりに、何も言えなくなる。

私……智也さんと結婚しています……とは言えず。

結婚してしばらく経つけど、あまり実感がなくて、こうして会社で見かけるたびに夢なんじゃないかって思う。

智也さんの隣に立っているスーツ姿の山口さんがお似合いすぎて、私よりも彼女の方が相応《ふさわ》しい気さえしてくる。

「社長って、どこかの大企業の令嬢と結婚したって聞いたけど」

「やっぱり社長と結婚するなら、それくらいの条件の人じゃないとダメですよね」

「だね」

そうなの⁉　私、めちゃくちゃ普通の家の人なんですけど！

「そうなんですか？」

驚いた私は、思わずふたりの会話に入ってしまう。

「そうだよ。社長のご両親って、父は会社経営者、母は元キャビンアテンダントだったはず。お家柄もいいみたいだし、それなりの人じゃないと」

えええっ。そんなの初耳！

そもそもよく考えたら私、智也さんのご両親に紹介されていない。それって、嫁として大丈夫なの？

っていうか、智也さんのご両親は、私たちの結婚のことを知っているのかな？

ああ、考えると、何だかいろいろと恐ろしい。

「結構有名な話だよ。だから山口さんは結婚してもらえないって。都合のいい女で収まっているって感じなのかな」

都合のいい……女。

「それって、どういう……」

「男女の関係はあるけど、恋人にはなれないっていうこと。つらいよね〜」

つまり、一線を越えているっていうこと？

先日の息の合った様子のふたりを思い出す。

ただの仕事上の関係に見えなかったのは、そういうことだったのかな。

私の中にムクムクと不安な気持ちが大きくなっていく。

でも、上層部の方々を家に呼んだとき、みんなの前で妻だと紹介してくれたし、そのあとも手を繋いで仲良く過ごしたじゃない。

智也さんに限って、軽薄なことをするはずない。智也さんは誠実な人だもの。きっとこんなの噂に過ぎない。

山口さんと一緒にいるところを見ると、ついつい不安になってしまうけど、気にしないでおこう。

ご両親のこととかも気になるけれど、仕事が一段落ついたらちゃんと話し合えばいいよね。今は智也さんも忙しいみたいだから、折を見て話をしよう。

それより今は、真紀さんの結婚式を成功させることを第一に考えなきゃ。

気合いを入れ直して、何が何でも真紀さんのお父さんを説得しようと心に決めた。


それから真紀さんに電話をすると連絡が取れて、夕方には旦那さんと一緒にショップに足を運んでくれた。

目の前に現れた真紀さんの旦那さんは、ひと回り以上年上の男性で、チタンのラウンドメガネをかけており、個性的な雰囲気の持ち主だった。化学教師をしていると聞いていたので、それっぽい！と妙に納得してしまった。

「このたびは、私たちのせいでご迷惑をおかけして申し訳ありません。彼女のお父さんに僕たちのことがバレて、大変なことになってしまいました」

物腰柔らかな旦那さんは、私に何度も頭を下げる。その隣で泣きそうになっている真紀さん。

「彼ってば、どうしても私の両親に認めてもらいたいって、頭を下げてくれたんです。でもうちの父は頑固だから、門前払いで……」

「このまま内緒で結婚式を挙げて、ご両親と音信不通になるなんてダメだ。真紀のことを今まで育ててくれた大事な親御さんを悲しませてはいけない」

「じゃあどうするの？　お父さんは怒っちゃって、お見合いの話を進めているんだよ。このままじゃ私たち、別れることになっちゃうよ……」

新郎に初めて会ったけれど、とても誠実でいい人だと心が温かくなった。素敵なパートナーで羨ましくなる。

ふたりの話を聞いて、何か私にできることはないだろうかと考える。

真紀さんは、このまま結婚できないかもしれないと弱気になっているみたい。

そうだよね。昼間のお父さんの剣幕を見ていると、私でも少し怖じ気《おけ》づきそうになった。

ふたりの会話が途切れたところで、私は話を切り出す。

「大変なときにお呼び立てして、すみません。どうしてもおふたりの気持ちを確かめておきたかったんです」

お父さんに猛反対されている今でも、式を挙げようと思っているのか。ふたりの気持ちは揺らいでいないのか。このまま私もふたりを後押ししていいのかどうかを確かめたかった。私の独りよがりになってはいけないから。

「私たちの決意は変わりません。父が何を言おうとも、結婚します」

「彼女と離れるなど考えられません」

ふたりの真剣な眼差しを見て、私も頷く。ふたりの気持ちに寄り添って、同じ気持ちで一緒に進んでいくことを決意した。

「最後まで頑張りましょう。お父様の気持ちだって変わるかもしれません」

「はい」

挙式まであと一週間――。

最後の最後まで諦めない。


そのあと、真紀さんには何も言わなかったけれど、私は時間を見計らって、彼女のお父さんの勤務先や自宅に毎日足を運んだ。

真紀さんのお父さんは、都内の一等地にある高級ホテルの経営をしている大企業の社長だ。娘の真紀さんはひとり娘で、そのホテル事業の後継者らしいのだけど、今回、高校の元担任と結婚すると言い出したから大反対されてしまったらしい。

多忙である真紀さんのお父さんに会うのは難しい。しかし家の場所なら聞いているし、そこなら出勤時に必ず出てくるはずだから、少しだけ顔を合わせることができると考えた。

迷惑だと思うけれど、これ以外にできることが思い浮かばなくて、今日もとりあえず実行してみる。

「また君か……」

「何度もすみません。お嬢様の結婚式をお許しくださいませんか？　そして出席していただきたいのです」

「行きませんよ。そもそも結婚に反対しているんですよ」

そう言わずに、と何度も頭を下げる。

しつこいと思われていることも重々承知している。でもここで諦めたら、きっとこの親子は喧嘩《けんか》したままになってしまう。

一生に一度の結婚式。大事な人に祝福されないなんて寂しいよ。真紀さんはご両親に認めてもらうことを諦めているみたいだけど、私は最後の最後まで諦めたくない。

おせっかいだと思うけど、真紀さんに心から幸せな結婚式を挙げてほしい。

その一心で、私は真紀さんのお父さんに毎日会いに行った。

挙式の前日。

今日はあいにくの雨。天気予報では、今日の深夜から雨は上がると言っていた。明日は挙式だから絶対に晴れてよ！と空にお願いして見上げる。

今日は私は休みで、智也さんは仕事。

家事をひと通りこなしたので、私は真紀さんのお父さんの経営するホテルへと向かった。

現在、午後七時。

いつもなら七時が門限だけど、智也さんが今日は仕事で遅くなると言っていた。私も仕事でどうしても外に出たいとお願いしていたので、外出を許可された。

従業員出入口付近の車寄せで様子を窺うけれど、アポを取っているわけでもないので、延々と待っている。

雨が強くなり、傘を差していても濡れてしまう。風も強いし、冷たいし……心が折れそうになりながら、少し移動して真紀さんのお父さんを探そうと歩き出すと、エントランス付近で見慣れた人を見かけた。

あれ……？　あれって、智也さん？

運転手つきの車から降りてきたのは、智也さんと秘書の山口さんだった。

いつもよりふたりの距離が近く見える。楽しそうに談笑しながら、エレベーターの方に向かっていく。

ふたりの姿に釘づけになっていた私は、そのまま自然に足を向けて、ついていってしまった。

エレベーターに乗って、どこに行くの？　上に行ったら、宿泊用の部屋があるフロアになるよね？

いつも早く帰ってくる智也さんが、今日に限って遅くなると連絡してきた。

珍しいなと思っただけで、特に何も疑ったりはしていなかったけど、これって、まさか……？

そしてふたりは慣れた様子でエレベーターに乗り込み、上階へと向かっていった。

『あのふたり、デキてるって噂ですよね』

この前の噂話を思い出して、嫌な予感がよぎる。

「はぁ……」

よくないことを考えるのはよそう、と思うけど、男女ふたりが部屋の中ですることっていったら……そういうことかも。

秘書の山口さんは綺麗だし、気が利くし、私と智也さんが出会う前からずっと一緒だった人だ。ふたりが特別な関係であっても何も不思議ではない。

智也さんは私と結婚するとき、『一線は越えないものとする』というルールを提示してきた。

特殊な結婚をしているふたりだから、そういう配慮をしてくれたのかと思っていたけれど、もしかして本命は山口さんで、私とは仕方なく結婚しただけかもしれない。

Valerieと提携したいがために、結婚しただけのこと。愛しているのは山口さんで、私とは仕事上の結婚で――。

そう考えると、全部辻褄《つじつま》が合う気がしてくる。

やっぱり……そう、なのかな……。

ぐるぐると嫌なことばかり考えてしまって、泣きそうになる。胸がぎゅっと絞られたみたいに痛い。

もし、質問して『そうだよ』って言われたらと思うと、怖くなる。

この結婚生活を壊すようなことを聞きたくない。それはただの逃げだってわかっているけど、智也さんと過ごすうちに、一緒にいられる時間を失いたくなくなってしまった。

意気地なし……。

こういうとき、どうしたらいいんだろう。

悲しい気持ちに埋めつくされて泣きそうになったけど、今は泣いていられない。真紀さんのお父さんを説得するのが先だ。

零《こぼ》れそうになる涙を堪えて気持ちを奮い立たせる。そしてもう一度、従業員出入口の前に立っていると、エントランスの方に真紀さんのお父さんの姿を見つけた。

「高橋様！」

「あなたは……」

また今日も来たのか、と呆れた顔をされたけれど、高橋さんはびしょ濡れの私を見て、同行していた男性にタオルを持ってくるように指示をした。

「この雨の中、私を待っていたんですか？」

「はい……。毎日押しかけて、ご迷惑をおかけしてすみません。でも、お嬢様の結婚式は明日です。どうかお父様も参加していただけませんか？」

深く頭を下げてお願いすると、いつもなら即答で断られるのに、今回は言葉が返ってこない。

不思議に思った私は、恐る恐る頭を上げる。

「高橋様……？」

目の前にいる高橋さんの視線が、私を通り越して違うところを見ていることに気がつく。

背後に誰がいるのだろうと振り返ると、そこには新郎が立っていた。彼も雨に濡れており、きっと真紀さんのお父さんを待っていたのだろう。

「お義父《とう》さん、お願いします。真紀さんとの結婚を許してください。お願いします」

「私からも、お願いします」

ふたりで深々と頭を下げる。

「あなたたちには負けるよ。本当にしつこい」

「え……？」

「連日連夜来るなんて、非常識だよ」

顔を上げると、いつも仏頂面の高橋さんが、くしゃくしゃっと皺《しわ》を寄せた笑顔を見せてくれた。言葉は辛辣《しんらつ》だけど笑っていて、私は喜んでいいのかそうでないのかわからず、苦笑いをする。

「ですよね、すみません……」

「……ありがとう。ここまで娘のためにしてくれるなんて、嬉しく思います」

「じゃあ……」

「確約はしない。気が向いたら行くことにするよ」

「明日、待っています。最高の挙式にしてみせます！」

「はい」とタオルを差し出されて、新郎と私はそのタオルを受け取り、濡れた髪を拭いた。

そのタオルの感触は、とても温かくて柔らかかった。

冷たい雨に打たれて心が折れそうだったけど、救われた気がした。

結婚って何だろう？

昨夜は、なかなか寝つけなかった。

いよいよ真紀さんの挙式だと思うと、まるで自分の結婚式の前夜みたいに緊張してしまう。

それから、智也さんが深夜になるまで帰ってこなかったからというのも理由だ。彼はいつも通り帰ってきてシャワーを浴びて、寝室にやってきた。

彼がベッドに入るとき、ゆっくりと、なるべく揺らさないように配慮してくれているのが伝わってきた。

今の時間まで、山口さんと一緒にいたの？

こんな時間まで何をしていたの？

そんなことは聞けずに、意気地なしの私は何も見なかったフリをする。形だけの妻なのに嫉妬しているなんて知られたら、きっと面倒くさいと思われてしまう。

ここは穏便に済ませるため、つらくて苦しいけど仕方ないと我慢する。

自分の心に一生懸命に蓋をした。

「真紀さん！　すごい、めちゃくちゃ綺麗です‼」

Valerieのドレスを身に纏った真紀さんは、今まで見た花嫁様の中でも間違いなく一番綺麗で、輝いて見えた。

真紀さんだけのために作られたドレス。ベールもドレスも真紀さんのイメージに合わせて、繊細なシルクオーガンジーとレースをふんだんに使用した、女性らしさを最大限に引き出すデザインだ。そのドレスを着た真紀さんは、女神様のように神聖で美しく、思わず歓喜のため息が零れる。

時間がない中でも、直樹と晴樹は妥協せず、クオリティの高いものを提供する。このプロ意識の高さを尊敬すると共に、Valerieの一員として誇らしく思う。

「ありがとうございます」

「とても似合ってますよ！　すごく素敵です」

「沙織さんのおかげです！　沙織さん～っ」

「真紀さん～っ」

私たちはふんわりとハグをして、この日を無事に迎えられたことに感動した。

真紀さんのご両親の姿はまだなくて、本当に来てくれるのか不安に思いながらも、準備だけは万全にしておく。もし来てくれたのなら、真紀さん本人には内緒にしておいて、サプライズで出てきてもらおうと思っている。

「五十嵐さん、音響チェックお願いします」

「すぐ行きます」

今日一緒にスタンバイしてくれている槙野さんに呼ばれて、私は控室を出た。

「もうすぐ本番だけど、準備は万端？」

「はい。最終チェックも終わりました」

これであとは本番に臨むだけだ、と気合いを入れて息を整える。

「了解。そうだ、今、ご両親が到着されたみたいよ」

「本当ですか⁉」

「ええ。とても素敵な式になりそうね」

「はい！」


そして、もうすぐ式が始まる。

チャペルの挙式で人前式。ご両親抜きの、親しい友人だけを呼んだささやかな式の予定だったけど、両家のご両親が揃い、急遽ヴァージンロードを歩くように促すつもりだ。

新郎のスタンバイができたので、真紀さんを控室に呼びに行く。

「失礼します」

緊張した面持ちの真紀さんのそばに寄り、にっこりと微笑む。

「今日はお日柄もよく、最高の日ですね。さぁ、今からみなさんの元に行きましょう」

「はい」

少し緊張している真紀さんの手を引いて、ゆっくりとチャペルの方に歩き出す。ドレスの裾を踏まないように、彼女をエスコートしていく。

チャペルの出入口に立っている、モーニングを着た男性を見て、真紀さんは足を止めた。

「お父さん……?」

「真紀」

真紀さんは父親の姿を見た途端、顔をくしゃくしゃにして大粒の涙を零す。

「ど……して、何で……」

「あの男と五十嵐さんが、私を連れてきてくれたんだよ。あいつなんて毎日、朝と夜と二回会いに来るんだ。どれだけ怒ってもめげずにやってくるから、さすがの私も折れてしまったよ」

「う、うう……」

『あの男』『あいつ』なんてぶっきらぼうに言っているけれど、新郎に対するお父さんの態度は明らかに変化している気がした。

涙で言葉にならない真紀さんに、お父さんがハンカチを差し出す。

「いい人に巡り会ったんだな。お前はとても愛されているんだと感じた。あの男のこと、ちょっとは信用してやってもいい」

「お父さん……」

「真紀、綺麗だよ」

「ごめんね、いつもわがままばかりで……。でも、どうしてもこの結婚だけは譲れなかった。大好きな人と結婚式を挙げたかったの」

「……うん。私こそ真紀の気持ちを考えず、悪かった。ずっと子どもだと思って、真紀の意見を聞かなかった。……こんな父親を許してくれるか？」

ふたりのやり取りを見て、私も思わず涙してしまう。こうしてふたりがわかり合えたことがとても嬉しい。

「もちろんだよ。私、お父さんの娘でよかった。今まで本当にありがとう」

涙を零す真紀さんの肩に手を回すお父さんを見て、これで本当に仲直りができたのだと思って胸が熱くなった。

しばしの親子の時間を過ごしてもらってから、本番へと臨む。

ゲストや新郎が待っているので、メイクさんが急いで新婦の濡れた頬をハンカチで拭《ぬぐ》い、崩れてしまった化粧を整えた。

扉の前に立つふたりの前に立って、私は話し始める。

「真紀さん。今日の予定にはなかったんですけど、せっかくなので、ふたりでヴァージンロードを歩いてみませんか？」

「え……？」

「一生に一度の挙式ですから、お父様と大切な時間を過ごしてください」

「……沙織さん、本当に何から何まで、ありがとうございます」

幸せそうに微笑む真紀さん。喜んでもらえてよかった。

結婚行進曲が流れ、緊張が一気に高まる。

……いよいよ始まる。

絶対に成功させようと気合いを入れて、私は定位置にスタンバイした。

チャペルの扉が開く。

真紀さんの選んだ会場は、キリスト教の大聖堂をイメージした本格的なチャペル。赤い絨毯が敷かれたヴァージンロードをまっすぐ進むと祭壇があり、その上にはステンドグラスが美しく輝いている。

父親の腕に手を回した真紀さんが、一歩一歩踏みしめるように歩き出した。参列している人たちは、幸せそうに歩く新婦の姿を見て、大きな拍手を送っている。

スタッフ用の立ち位置について、式の進行を見守りながら、私はいろいろな思いを巡らせていた。

ヴァージンロードを歩く新婦。

ずっと反対していたけれど、娘の幸せを願い、結婚を許した父親。

そして、祭壇の前に立っている新郎。

真紀さんを優しい眼差しで見つめる新郎を見て、本当に彼女のことを大切に想っていることが伝わってくる。彼の目にも涙が浮かび、今まで彼女を育ててきてくれた父親への感謝に満ち溢れているのだろう。

ご両親に反対されていたけれど、新郎は最後まで諦めず、誠意を持って愛を貫き、彼女の父親に向き合い続けた。

なんて素敵な結婚式なんだろう。厳粛な雰囲気に胸を打たれて、仕事だということを忘れて見入ってしまう。

結婚式とは、こうして好きな人と愛を誓う大事な儀式。その大切な時間に携われることの嬉しさを感じながら、自分自身のことを重ねてみる。

私の結婚って……いったい何なんだろう。

兄たちの会社を助けるための結婚。

仕事が忙しい智也さんをサポートするという役目で結婚した。

恋愛感情などなく、結婚生活を仕事の延長としてこなし、完璧な妻を演じる。求められたことに対して忠実に応えるだけ。

だから、愛しているような素振りをされたら、それに合わせてこちらも振る舞う。

お互いの利益を一致させるだけの関係――そう割り切れていたらよかったのに。

私は旦那さんである智也さんに優しくされるたびに、理想の結婚のようだと舞い上がって、恋をしているような気分になって浮かれていた。

恋愛をしている気になっているだけで、本当はそうじゃない。

私は智也さんのことを好きでも、智也さんは私を好きじゃない――。

そんなこと、最初から知っていたはずなのに、一緒にいてドキドキしているうちに忘れてしまっていた。

本当、単純だよね。

男性に慣れていないから、ちょっと優しくされたら舞い上がってしまって、情けない。呆れてしまうほど浅はかで、恥ずかしくなってくる。

私がどれだけ智也さんのことを好きになったとしても、目の前のふたりみたいに、真の愛情で結ばれることはない。

結婚とは、本来こういうふたりがするものだ。それなのに、私はいったい何をしているんだろう……。

昔から、白馬に乗った王子様が、いつか私を迎えに来てくれるんだって夢を見ていた。来てくれた王子様は私のことが好きで、世界中の誰よりも私のことを愛してくれるなんてことは、当たり前だと思っていた。

それなのに現実は、全然違って。

昨夜見た智也さんと山口さんの姿を思い出して、とても惨《みじ》めな気持ちになっている。

もし智也さんと山口さんが両想いで、私が邪魔をしている存在だったら？

そう思うと、何の努力もせずにのうのうと智也さんの妻だと言っている自分が、嫌になる。

いくつもの結婚式を見てきたけれど、幸せそうな新郎新婦ばかりだ。私もそうなりたいと憧れてしまう。

智也さんに愛されたい。

でも愛されていない。

そのことを思うたびに、胸が苦しく、息が詰まりそうになる。

好きな人と一緒にいられて幸せなはずなのに、つらいよ。そばにいると苦しくなる。

目の前の結婚式が素晴らしく感動的なものであればあるほど、私は恋の痛みを知っていく。


「沙織さん」

式が終わり、後片づけを手伝っていると、背後から真紀さんに呼ばれた。

「今日は本当にありがとうございました。沙織さんが私の担当になってくださって、本当によかったです。どれだけ感謝してもしきれないくらいです」

「そんな……!」

半人前の私には、もったいない言葉だ。涙ながらに感謝を伝えてくれる真紀さんを見て、感極まった私も一緒になって涙を零す。

彼女と出会えて、いろいろなことを考えさせられた。

仕事のことも、Valerieのことも、結婚のあり方についても。

ふたりの強い愛情を見て、私もこんなふうに愛されたいと思ったし、たくさんのことを教えてもらった。

「沙織さんは、ご結婚されているんですよね？」

「え、ええ……そうですね」

「だったら必要ないかもしれませんが、これ、私が作ったブーケなんです。よかったらもらっていただけませんか？」

ブーケトスをしなかったため、最後まで真紀さんが持っていたブーケ。彼女のように可愛らしくて清楚な白とピンクの花たちで作られている。

「いいんですか？」

「はい。ぜひ」

美しい生花で作られたブーケを受け取って、にっこりと微笑む。

「沙織さんはきっと、素敵な家庭を築かれていると思います。私も負けないように幸せになります」

幸せに満ち溢れた真紀さんを見て、私は大きく頷いた。

「お互いに幸せになりましょうね」

充実した疲労感を覚えながら式場を出ると、従業員用の駐車場に白の高級車が停止していた。智也さんのものだ。

「お疲れさま」

車のドアにもたれて立っていた智也さんは、私を見つけると顔を上げた。

「どうしてここに?」

「今日は早く切り上げてきた。沙織に会いたくて」

優しく微笑みかけられて、私の胸はトキメキながらズキズキと痛んでいる。

こんなふうに迎えに来てくれて嬉しい。でも私の心の中は不安でいっぱいで、どうしていいかわからない。

真紀さんは私に『お互いに幸せになりましょうね』と言ってくれた。けれど、私がどんなに頑張っても、真紀さんみたいに幸せになんてなれない。

好きな人と結婚できているけれど、私たちは普通の夫婦じゃない。

政略結婚と理解して結婚したはずなのに、愛されたくてたまらなくなっている。

これって、もうすでに私と智也さんの結婚のルールは破綻しているよね。

「どうしたの、元気ないけど……初めてひとりで担当した挙式だったから、疲れた?」

「……そう、ですね……」

「じゃあ、今日は初めての外食でもしようか。たまにはいいだろ？　沙織の食べたいものを食べよう。何がいい？」

智也さんは私に手を差し伸べて、一緒に行こうと誘ってくれる。

優しくされたら余計につらくなるよ。その優しさは何のための優しさなの？

彼の言動を素直に受け取れなくなってしまって、どんどん嫌な女になっていく。そんな自分が嫌いで、どうしていいかわからない。ぐるぐるとした感情を抱えて、自分では制御できなくなる。

「ねぇ、智也さん」

「ん？」

「……私たち、離婚しませんか？」

こんな私でごめんなさい。

今は別れることが最善の選択に思える。

あなたのことが好きだから、これ以上、夫婦でいられない――。

離婚しませんか？

「……私たち、離婚しませんか?」

沙織に会いたくて、仕事を早く切り上げて彼女のいるチャペルへと急いだ。

一分一秒でも早く会いたいなんて、どれだけ沙織にのめり込んでいるんだろう。我ながら呆れてしまう。

胸を弾ませながら、彼女の仕事が終わるのを待っていたのに、会うなりそんなことを言われて、あまりの衝撃に言葉を失った。

「ごめんなさい……」

俯く彼女に謝られて、何か言わないといけないと焦る。

「どうしたんだ? 何かあった?」

「いいえ。何もありません」

何もないわけなんてない。きっと何か不満に思うことがあったから、そんなことを言い出したに決まっている。

しかし、今この状況で無理に聞き出しても、事態が好転するとも思えないような重い雰囲気だ。

「わかった。沙織からの提案は一旦受け止めておくけど、俺は離婚したくない」

俺は沙織が好きだ。出会ったときからいいなと思っていたけど、結婚して一緒に住むようになって、より好きになった。

これからもっと同じ時間を過ごして、俺のことを好きになってもらおうと思っているのに、今ここで別れてしまうなんて絶対に嫌だ。

「もしどうしても離婚したいと言うなら、理由を話してくれ。ちゃんと話し合って、お互いに納得したなら要求に応じる」

そんなに暗い顔をしないでくれ。

黙ってしまった沙織を見て、自分の感情を彼女に押しつけて苦しめているような気がして、少し弱気になる。

「とにかく、腹も減ったし、一緒に食事をしに行こう。この話は抜きにして、美味しいものを食べよう」

「……でも」

「いいから」

お腹が空いていたら、元気だってなくなる。

今は、仕事を無事に終えたお祝いをしよう。俺たちのことは、それからでいい。

浮かない顔をしている沙織を車に乗せ、行きつけのレストランへと向かった。


翌日。

「はぁ……」

彼女から言われた言葉を何度も何度も頭の中で繰り返し、俺はあれからずっと、もぬけの殻のようになっている。

「社長、聞いていらっしゃいましたか？」

「え？」

秘書の山口に声をかけられて、現実に引き戻された。

数ヵ月前から取り組んでいるプロジェクトの件で、今夜は重要人物と会うことになっている。その予定の確認をされていたのだが、まったく耳に入っていなかった。

「悪い。聞いていなかった」

「では、もう一度確認いたしますね」

「ああ。頼む」

昨夜はあれからレストランで食事を済ませたが、お互いに冷静になろうと提案して、彼女を実家へと送り届けた。

沙織のことが大切で、こんなにも好きなのに、どうしてうまく伝えられないのだろう。なるべく彼女の負担にならない程度にしか、気持ちを出さないようにしているから？　もっと好きだと伝えた方がよかったのか？　それとも今の状態でも重かった？

妻である沙織とは、うまくいっていると思い込んでいた。

始まりは政略結婚だったけれど、一緒に過ごしていくうちに恋人らしく振る舞うことにも抵抗がなくなってきているようだったし、俺の部下に会って楽しそうにもしていた。

毎日欠かさず食事を作ってくれて、家事だって一生懸命やってくれていた。最初は全部任せていたものの、最近では一緒に家事を分担して、共同生活を営めていることに喜んでいた。

手を繋いだときの恥ずかしそうな表情や、頬をピンクに染めて俯く仕草を見て、嫌がってはいないのだと解釈していた。

一緒にお弁当を食べて、他愛もない話をして過ごすのも楽しそうにしていたし、俺が一方的にし始めたキスだって受け入れていた。

何度もするうちに、唇が離れそうになったとき、遠慮がちではあったけれど、俺の唇を追ってもう一度重ねてくれたときもあった。

そんな小さなことの積み重ねで、少しずつ距離を縮めてこられたのだと思っていたのに――。

突然言い渡された別れの言葉。

何度思い出しても、その言葉が胸に突き刺さる。

「つらいな……」

「え?」

山口と一緒にいるのに、心の声が漏れてしまった。慌てて咳払いをしてごまかす。

「何でもない。ちょっとひとりにしてくれ」

「かしこまりました」

目の前の仕事に集中して、沙織のことを考えないようにするけれど、ふとした瞬間に別れを切り出されたときのことを思い出し、集中力が切れてしまう。

今までこんなふうになったことはないし、女性関係で心を乱されることもなかった。どちらかというと、俺が優位に立っている恋愛が多かったと記憶している。

だからといって横暴に振る舞ったりはしないが、気持ちの余裕があって、恋人から何を言われても動じなかった。

基本的に仕事中心の生活を送っていたのもあって、恋人のために時間を割くことが難しく、後回しにしていた。そうすることによって女性たちは、『仕事と私、どちらが大事なの？』と怒り出してしまい、手に負えないほど嫉妬や執着が深くなっていくパターンが多かった。

それからは、女性と恋愛をすることに向いていないんだな、と自己分析して、長年恋をしていなかった。

言い寄られることも多かったけど、しっかりと相手に向き合えないのなら恋愛をするべきではないと思っていたから、断っていた。

それなのに……。

今回は全然ダメだ。沙織のことになると我を失ってしまう。大人げないと呆れてしまうほどに、沙織のことばかり考えている。

何事にも一生懸命で、不器用ながら全力で物事に取り組んでいるところが愛おしい。いつも自分にできる最大限のことをしようという気持ちが伝わってきて、ひたむきに取り組んでいる姿に好感が持てた。

姉への接客を皮切りに、そのあと俺がブライダル業界に参入し、業界のことを勉強するために訪れたブライダルフェアで、何度か沙織を見かけた。

以前会ったときより、仕事に慣れて大人っぽくなっている彼女を見つけて、目が離せなくなった。

いろいろな企業のブースに立ち寄って、真剣にメモを取って勉強しているところや、ブライダル用の美しい装飾品に胸をトキメかせているところを見て、心を奪われた。

あの子と話したい。

あの子と一緒の時間を過ごしたい。

そんな感情が芽生えている自分自身に驚いた。

恋愛をしても、だんだん煩わしくなっていくことが多く、自分には恋愛は向いていない、もう恋愛はしないでおこうと思っていたはずだったのに、そんなことを忘れさせるような沙織の存在。

男として意識されたいという願望が日に日に大きくなって、ついに彼女に近づこうとした。

ところが、沙織を見かけた会場で声をかけようとしても、兄たちが彼女を連れ去ってしまい話すことができない。それなら正面から申し入れようと彼女の兄たちに『沙織さんに渡してください』と名刺を渡すが、やはり連絡は来ず。……きっと沙織に渡してもらえていなかったのだろう。

諦めず手紙を送るも、返事はない。

それでも沙織のことが諦めきれなくて、直接会いに行くしかないと、Valerieまで足を運ぶ。しかし彼女は不在だと兄たちに門前払いをされてしまった。

彼女の兄たちに邪魔をされ、ことごとくうまくいかず、進展がないので諦めかけたそのときに、ドレス姿の彼女と出くわした。

あのときは、これは絶対に運命だと確信した。

人と人とは縁がなければ出会わない。俺と彼女に縁がないのならば、再会などできなかったはずだ。

これは絶対に神様の思し召しだと感じた。我ながら痛い思考だと思うけど、そのときは真剣にそう感じたのだ。

チャンスが巡ってきたのだから、全力で沙織を追いかけることに決めた。だから、どんなことでも乗り越えてきたんだ。

絶対に諦めない。諦めたくない。

沙織から別れようと言われてしまったけれど、まだ挽回《ばんかい》できるはずだ。

沙織の話をしっかり聞けていない。ちゃんと話し合って、彼女の気持ちに向き合おう。そして俺も自分の気持ちを全て晒《さら》け出そう。

今までの俺ではできなかったかもしれないけど、今回は違う。何が何でも沙織を離さない。ここで離してしまったら一生後悔する。

だから沙織、もう一度会いたい。

そしてもう一度笑ってほしい。

双子のいたずら

「はぁ……」

仕事が休みで、Valerieの奥にあるアトリエのソファに座って脱力している私は、もう何度目かわからないため息を漏らした。

「あのさ、そこでダラダラしているんなら、あっち行ってくんない？　仕事の邪魔なんだけど」

「直樹～、ひどい……」

忙しそうにデザイン画を描いている背中に話しかけても、レスポンスが遅い。集中して描いているんだろうから仕方ないんだけど。

智也さんに離婚を切り出したあと、ふたりでお通夜みたいな雰囲気で食事を済ませ、ひとまずふたりのマンションに帰った。

しかし、一度離れて冷静になろうということで、荷物を纏めて実家に帰ることに。

どうして私が別れようと思ったのかなど聞かずに、怒ったり責めたりすることもなく、何も言わず私のしたいようにさせてくれた智也さん。

気を使って何度か違う話題で話しかけてくれたけど、明らかに無理して笑っているようだった。

怒っているよね、こんな自分勝手なことをして。

Valerieとの提携だって、なかったことにされてしまうかもしれない。いや、されて当然だ。

政略結婚を承諾したくせに、すぐにしっぽを巻いて逃げてしまったんだから。

「……で、旦那と喧嘩でもした？」

「えっ！」

トルソーにエンパイアラインのドレスを着せて、最終調整をしている晴樹に声をかけられて、わかりやすい反応をしてしまった。

「やっぱりそうなんだ。お前が帰ってくるなんて、そんなことだろうと思った」

「……鋭いね」

「お前はわかりやすいよ」

視線はドレスに向けながら、晴樹は私に優しく話しかけてくれる。晴樹の指先は器用に動き、トレーンを埋めつくす天使の羽のようなレースを整えている。

「それにしても、よく実家に帰してくれたわね」

「確かに言えてる。あいつ、沙織のことになると人格変わるからな」

「……へ？」

直樹と晴樹の話している内容についていけなくて、頭の中にクエスチョンマークが浮かぶ。

人格が変わる？　ん？　どういう意味？

「だって智也って、沙織にベタ惚れでしょ？」

ベタ惚れ⁉

作業中のデスクから顔を上げて、直樹は私の方に体を向けた。

いったい何を言ってるの？　智也さんが私にベタ惚れ？

「いやいやいや……っ、何を言ってるの。そんなわけないでしょ？　智也さんは、私のことなんて好きじゃないよ」

「好きじゃなきゃ、結婚しないでしょ」

ちょっと待って、ちょっと待って。言っている意味がわからないよ。そもそも私と智也さんは、経営難に陥っているValerieを救うために結婚したんだよ。

顔も合わせたことのないふたりが、お互いの利益のために結婚したの。そうしてほしいってお願いしてきたのは、目の前にいる直樹と晴樹じゃない。

それなのに、言っていることが変わっていて混乱する。

「もしかしてあいつ、何も話してないの？」

「っていうか、ふたりとも、何で智也さんに対して親しげな口調なの？　そんなに仲がよかったっけ？」

「仲がいいっていうか、かれこれ三年ほどの付き合いで、だんだん可愛いなと思うようになってきたっていうか……」

ははは、と笑いながら話す直樹に詰め寄る。

「どういうこと？　ちゃんと説明して」

「あ、はは……そうよねぇ……」

何か隠していそうなふたりをソファに座らせ、ちゃんと説明してもらうことにした。

「あー、どっから話せばいいんだ？」

「どこからだろ？　何かにつけて沙織に近づこうとしていたときとか？」

「そうそう。フェアとかイベントで会うたび、沙織のことをじっと見ていたしな。あ、でもそれよりもっと前だ。智也の姉がここでドレス作ったときが最初だろ」

「そうだったね」

ふたりは智也さんとの出会いを嬉々《きき》として話し出すけど、何だかエピソードが多すぎる気がする。

話を整理していくと、私はかなり前から智也さんに出会っていたらしい。そのあとも仕事上で何度か会っているみたいだけど、仕事に夢中だった私は彼のことを認識しておらず、直樹と晴樹は智也さんの存在に気がついていたんだって。

「だから、ことごとく邪魔したんだよね〜。どういうつもりで沙織に近づいてきているのかわからなかったし」

「直樹は露骨にガードしていたからな。あいつが沙織に話しかけようとするたびに、どこかに連れていくし」

あはは、と笑いながら話しているけれど、それ、全然笑えないから！

智也さんが私のことを気にかけてくれていたのに、そんなふうに妨害していた兄たちを少しだけ恨めしく思う。

「っていうか、沙織ってば、そのあと智也と再会したのに、大事なことに気がついてないの？」

「大事なこと……？」

「そうだよ。あれだけ『素敵な人と出会ったんだー』って喜んでいたのに、本人を目の前にして気がついていないとか、あり得ないだろ」

素敵な人と出会った……？

「そう。結婚する三ヵ月前。Valerieのドレスの撮影のあと、お前をスタジオに置き忘れた事件のとき」

あのとき、すっごく素敵な男性に助けてもらって、連絡先を渡して、電話がかかってくるのをずっと待っていて……。

「もしかして」

「その、もしかしてだよ」

そのときの男性が、智也さん？

……嘘。そんな偶然ってあるの？

数分だけの出会いだったから、思い出そうとしても顔が定かじゃない。

とにかく素敵な人だったたっていうのは覚えているのだけど、記憶の中の彼の顔にはベールのようなものがかかっていて、ぼんやりしている。

連絡が来て、もう一度会えたらしっかり思い出せると考えていたけど……。

「そんなことってある？　信じられないよ。そもそもあのあと、その人は連絡をくれなかったんだよ」

「実は、連絡をしてくれていたんだよ。でも、お前の携帯に転送をかけていたから、

Valerie の店に電話がかかってきたんだ」

えええええーっ！　転送!?　私、まったく気がついていなかった。

確かにスマホの電波が圏外のときは、Valerie のサロンに転送がかかるように設定してあるけれども！

智也さんが電話をくれたときに、私がたまたま圏外の場所にいたなんて、そんな運の悪いことってある？

「じゃあ、何で教えてくれなかったの？」と責めたところ、ふたりは意地悪そうな笑みを浮かべた。

「兄としては、悪い虫がつかないようにしないといけないだろ？」

「ま、アタシは個人的にタイプだったから、邪魔しようと……」

「お前な」

「えへへ」

直樹、『えへへ』じゃないから！

直樹と晴樹の話を要約すると、智也さんはずっと前から私のことを想ってくれていた……みたい。

私と接点を持とうとするたびに、兄たちが邪魔をしていた。それでも諦めずコンタクトを取ろうとしてくれていた。

事前に時間を約束してからValerieにやってくる智也さんに対して、私のいない時間ばかり教えて、わざと会えないようにしていたらしい。直樹、意地悪すぎ……。

「さすがにもう諦めるかなと思ったけど、あいつは諦めなかった。俺たちに挨拶に来て、沙織と会わせてほしいと何度も頼むんだ」

「アタシたちも認めるしかないよね。こんなに沙織のことを真剣に考えてくれるんだから」

Valerieが経営難に陥っていることを知り、PWの傘下に入らないかと誘ったのは、私たち藤崎家を思ってのこと。当初、見返りはなしでいいと言ってくれていたそう。

「男前すぎるよね、見返りなしでいいなんて。よほど沙織のことが好きじゃなきゃ言えないよ」

「だからお願いしたんだ。傘下に入る代わりに、沙織をもらってくれって」

直樹も晴樹も、私が智也さんを気に入ったことを知っていたからこその提案だったらしい。

恋愛経験のない箱入り娘だった私のことを任せられると思って、智也さんに結婚をお願いし、託すことにした。

我が兄たちながら、どちらもぶっ飛んだ人物で驚きだ。こんなこと、一般的にあり得ないよね⁉

「智也さんのことを認めてくれたのなら、普通に恋愛から始めさせてくれてもよかったんじゃないの……？」

「仕事で忙しいＰＷの社長だよ。それに加えて恋愛経験ゼロの奥手な沙織に、まともな恋愛なんてできないでしょ」

「……失礼な」

「けど、好きな男と結婚できたんだからいいだろ？　恋愛は今からゆっくりしていけばいい。時間はこれからたっぷりあるんだから」

自分たちが寵愛《ちょうあい》したせいで、私がまったく恋愛経験のない女性になってしまったことに罪悪感があったものの、変な男には引っかかってほしくない。政略結婚という強引な真似をしてでも、好きな人と結婚させてあげたかった……。それから自分自身の目で智也さんを見て好きになっていけばいいと、後押ししてくれたんだって。

そんなむちゃくちゃな……と言いたくなるけれど、兄たちのおかげでこの結婚をすることができたし、慣れないながらに結婚生活を送って、毎日好きな人と過ごすことができている。だから結果的にはよかったのかも。

あとは……お互いの気持ちをもっと伝え合うことだ。私たちに足りていないのは、きっとそれだ。

「智也ね、時間を見つけてはうちの父さんに会いに来てくれているのよ。沙織と同じように、父さんのこともアタシたちのことも大事に思ってくれている」

「お父さんに……？」

「そう。結婚する前からね」

前から、私がいない時間を見計らってお父さんに挨拶をして、お見舞いに来てくれていたとは。そんなこと、知らなかった。

「いい男だよ。沙織、いいなぁ～」

「お前が言うと、何か違う意味に聞こえる」

晴樹が冷やかにツッコんで、直樹がぺろっと舌を出した。その様子を見て、私もつられて笑う。

ここ最近忙しくて、こんなふうに笑っていなかったな。智也さんと一緒にいても、せわしなく動いてばかりで向き合っていなかった。

そんな私のことを支えてくれていた智也さん。今まで知らなかったとはいえ、ずっと私のことを想って、優しく包み込んでくれていたなんて……。

智也さん以上の人なんて、この世には存在しない。
それなのに、『離婚しませんか?』って、ひどいことを言ってしまった。
ちゃんと話し合いたい。
そして私の気持ちを伝えたい。
隠さず全部話そう——。

大切な人を守りたい

にした。

思い立ったが吉日ということで、私はValerieを出て、智也さんに会いに行くこと
会社に向かい、プレジデントフロアに到着すると、社長室前の秘書課のデスクに座る山口さんと目が合った。

智也さんと深い仲だと噂のある山口さん。ホテル内で仲睦まじくふたりで歩いているところも見かけたから、その噂も本当かもしれない。

けれど私は、智也さんの口から本当のことを聞くまで信じない。直樹と晴樹が言っていたことが本当なら、二股をかけるような人には思えないからだ。ホテルにいたのは何か他の理由があるのかもしれない。

「奥様、お疲れさまです」

「お疲れさまです！　えっと……智也さんはいらっしゃいますか？」

いつ見ても麗《うるわ》しい山口さんに緊張しながら話しかけると、長身の彼女は立ち上がり、私を真顔で見下ろした。

「今は来客中でして、お会いするのは難しいかと」

「そうですよね、お仕事中ですよね」

いつもならもう帰宅している時間だから、仕事を終えているのではと思ったけど、考えが甘かった。

「じゃあ……お仕事が終わられるまで、外で待っています」

「……奥様。少しお時間よろしいですか？」

「はい」

山口さんに呼び止められ、応接スペースへと移動した。

静かな空間に私と山口さんのふたり。何だか居心地の悪い雰囲気を感じながら、何を話されるのだろうと緊張していた。

「急にこんな話をするのは失礼かと思いますが、私はずっと前から、社長のことをお慕いしております。奥様が現れるずっと前からです」

山口さんの言葉を聞いて、はっとする。

やっぱり噂通り、山口さんは智也さんのことが好きだったんだ……。

こうして面と向かって言われると、そうではないかと予想していたとはいえショックだ。

「今回、突然あなたが現れて、社長はご結婚されました。私は奥様より社長のことをずっとわかっているつもりです」

そう言われると、何も言えなくなる。長い時間を共にしてきた山口さんに比べたら、私なんてまだ数ヵ月しか一緒にいないし、知らないところだらけだ。

それでも、私だけに見せてくれている普段の智也さんを知っている。仕事で疲れて机でうたた寝してしまうところや、家の中では何かとキスをしたがるところも。

私に何も言わずに、時間を見つけては私の父に会いに行ってくれている、思いやりに溢れた人だ。まだまだ知らないところもあるけれど、これからもっとたくさんのことを知っていきたい。

何も言えずにいると、山口さんはさらに話を続ける。

「奥様は、いったいどういうおつもりで社長と結婚なさったのですか？」

「え……？」

それって、私がちゃんと好きで智也さんと結婚しているのかってこと？

「私は……智也さんのことが好きです。未熟で至らない妻ですけど、彼のためにできる限りのことをしたいと思っています。みなさんに認めてもらえるような妻になりたいです」

家事もうまくできないし、智也さんの望むような妻になれているかわからないけど、彼に望まれているならそばにいたい。

智也さんのことが好きだから……。

こんなふうに思っていることが迷惑になってしまうかもしれないけど、それでもこの気持ちを止めることはできない。

話し合って別れることになるかもしれない。それでも、別れるその日まで精いっぱいできることをしたいと思っている。

「できる限りのことですか？」

「はい」

「そうですか。では、そんな奥様が適任のお仕事があるのですが、お引き受けいただけませんか？」

私が適任の仕事……？

それがうまくいけば、山口さんや周りの人たちに認めてもらえるかもしれない。智也さんに相応しい女性だと思ってもらえるはずだ。

智也さんのためにできることがあるなら何でもするつもりだと、ふたつ返事をした。

赤坂《あかさか》の裏路地にある隠れ家的な料亭の前に立ち、ひっそりとたたずむ扉を開いて、恐る恐る足を踏み入れる。

中に一歩入ると、そこには美しい日本庭園が広がっていて、あまりの美しさに息を呑む。

上品な着物に身を包んだスタッフの方に案内されて、奥の部屋に通された。

ふと、先ほどの山口さんの言葉が蘇《よみがえ》る。

『本日、社長は会食の予定でしたが、今お越しの方との商談が長引いているため、予定時刻に間に合いそうにありません。なので、社長の代わりに会食に出席していただけませんか?』

美しい彼女は、凛とした表情で私を見ながら淡々と話していった。

『先方とは大きな契約を交わす予定になっていて、遅れるなど御法度《ごはっと》です。社長の奥様なら、フォローしていただけますよね? そして、どんな手を使ってでも、契約を結んできていただけますね?』

山口さんからそう言われて、『わかりました』と即答してしまった。

商談など経験がないし、契約の話だってちゃんとしたことのない私がどこまで対応できるかわからないけれど、大事な取引先の社長のお相手は断れない。

ここでうまくやれば、認めてもらえる。頑張らないと。

深呼吸をして気合いを入れる。

「……失礼いたします」

廊下に跪《ひざまず》き、ゆっくりと襖《ふすま》を開く。

そして一礼してから顔を上げると、すでに男性がテーブルの前に座っている姿が目に入った。

その男性の背後の部屋に、布団が並んでいるのが見えて、これがどういう状況か理解し、背筋に冷たい汗が流れていくのを感じた。

誤解

ブライダル業界とは別業種の社長と、今後の展開について話し込んで、予想していた終わりの時間を少し過ぎてしまった。しかし、次の予定までまだ余裕があるので問題ない。

あとはここ最近で一番大事な取引先との会食で、今日の業務は終了だ。

いつも仕事に集中して、溜《た》めないように段取りよく進めていくのに、最近の俺はふと手を止めた瞬間に沙織のことを考えている。

早く仕事を終わらせて、沙織に会いに行きたい。

会議室を出て社長室に向かう途中、山口が俺の元にやってきた。

「社長、お疲れさまです」

「ああ、お疲れ。〝アンヴィ〟の社長との食事は八時からだったよな?」

「いいえ。六時からの予定です」

「何だって?　とっくに過ぎているじゃないか!　確か今朝は八時だと言っていたはずだろう」

「はい。先方から連絡があり、時間が早まりました。ですがそちらに関して、社長は行かれなくても大丈夫とのことです」

「どういうことだ？」

今日会う予定をしていたのは〝アンヴィ・インターナショナルホテル〟の社長だ。

アンヴィ・インターナショナルホテルとは、最大手の外資系ホテルで、国内外問わずとても有名だ。

宿泊だけでなくレストランにも力を入れており、今まで結婚式を行っていないホテルだった。そこに着目した俺は、ＰＷと提携し、ブライダル専用のフロアを増設してウェディングプランを設けることを提案している。

そうしてアンヴィと専属契約を交わし、ＰＷでのみ、このホテルでの式が挙げられるようにしたいと思っているが、向こうはあまり乗り気ではないようで難航中だ。

その契約の締結に向けて親交を深めるため、今日は会食予定だったはず。それなのに、なぜ俺が行かなくてもいいんだ？

山口の方を見ると、彼女はまっすぐに俺を見据えた。

「先方より、本日の会食を社長、もしくは社長の奥様とご一緒したいと申し出がありました」

「それで俺が行くことになっていたはずだが？」

「先ほどこちらに奥様がお見えになり、このお話をしたところ、ぜひ参加されたいとおっしゃいました」

「何だって？　どうしてそんな勝手なことをしたんだ」

山口に理由を求める。

何か理由がなければこんなことはしないと理解しているが、沙織を巻き込んでいることに納得がいかない。先方からの要望とはいえ、彼女は関係ないだろう。

「あの社長のお相手をされるのは、奥様の方が適任だと思いましたので、そうさせていただきました」

「山口、お前――」

「社長は、アンヴィの社長が若い女性がお好きという噂を心配されているのですか？」

アンヴィの社長は五十代の既婚男性だ。業界の噂では、若い女性と話すのが好きだという。話すだけならまだしも、その先も求めているのではないかという憶測が飛び交っていると、以前山口から耳にしていた。

しかし実際会ってみると、そのような人柄には思えないのだが……。火のないところに煙はたたないというし、警戒する必要があるだろうとは思っていた。

なので、噂のことを考えると、沙織をひとりで行かせるなど得策ではないはずだ。

まさか山口はそれをわかっていて、わざと行かせたのか？

「どういうつもりだ。沙織を何だと思っている？　彼女は俺の大事な妻だ」

「承知いたしております」

「何かあったら、ただじゃ済まないからな」

普段はこんなふうに感情を露《あら》わにして、山口を叱るなどしたことはない。それに、彼女自身もこんな勝手な真似はしないというのに、いったいどうしたのか。

沙織を危険な目に遭わせることが目的か？

それとも、何か別の思惑があるのか……？

理由の追及より、今は沙織の元に急ぐことが先決だ。万が一何かあってからでは遅い。急がねば。

「すぐに車の手配をしろ。すぐにだ」

「かしこまりました」

そして俺はビルの車寄せに急ぎ、運転手つきの車に乗り込んで料亭へ向かう。

「悪いが、急いでほしい」

「承知いたしました」

長年お願いしている運転手にそう告げると、急く気持ちを落ち着かせるように、ため息をついた。

沙織、無事でいてくれ。

アンヴィの社長が何かするとは考えにくいが、最悪の事態を想像すると、頭が痛くなる。

こんなことなら、もっと早く俺のものにしておくべきだった。沙織に俺以外の男が触れるなど考えたくない。彼女の初めては全て俺のものだ。

独占欲に溺れた俺は、感情をうまくコントロールできない格好悪い男になってしまった。沙織の前では本当に情けない男になってしまう。

全てを投げ打ってでも沙織を守りたい。それくらい彼女のことが好きだ。

どうしようもなく、沙織が愛おしい。

赤坂に到着し、料亭の中に入ると、ふたりがいる部屋へ急いで向かい、勢いよく襖を開く。

どうか無事でいてくれ、沙織……！

「失礼します！」

目の前には、割烹《かっぽう》料理の並ぶ大きなテーブルを挟んで食事をしている、沙織とアンヴィの社長。

……と、社長の隣に見知らぬ若い女性。

「智也さん⁉」

「えっ！　この方が沙織さんの旦那さんですか？　やだ、超イケメン！」

「おお！　五十嵐さん」

えっ……ええ⁉　どういうことだ？

沙織が無事で何よりだが、この若い女性はいったい誰だ？

それと、この和気あいあいとした雰囲気は何なんだろう。アンヴィの社長と沙織は初対面のはずなのに、初めて会ったような感じに見えない。

とりあえず疑問は尽きないけれど、沙織の隣の空いている席に着いて、挨拶をする。

「高橋さん、遅くなり、申し訳ございません」

「いえいえ。五十嵐さんのこと、お待ちしていましたよ」

アンヴィの社長である高橋さんは、いい感じにお酒が回っているみたいで、いつもより柔らかい雰囲気になっている。

「沙織、そちらの女性は……？」

「あ、はい。こちら、高橋さんのお嬢様の真紀さんです」

「はじめまして。私は娘の真紀と申します。先日、沙織さんに私の挙式を担当していただいたんです。そのお礼に、今日はお邪魔させていただきました」

どういうことだ？と理解できずにいたところ、高橋社長自らが説明してくれる。

「いやぁ、うちの娘が五十嵐さんの奥様にお世話になったんですよ。偶然にも、真紀の担当が奥様だったのです」

Valerie のドレスが着たいと希望していた真紀さんが、うちのショップに訪れた。

そしてその真紀さんを担当したのが沙織だったらしい。

「娘の結婚に反対していて、認めないと頑《かたく》なだった私を必死に説得してくれたのが、奥様でね」

そういえば沙織は少し前まで、担当していた挙式の準備で忙しそうにしていた。初めての担当だということと、新婦の父が結婚に反対しているということで、大変なのだと話してくれていた。

その相手がアンヴィの社長の高橋さんだったなんて、どれほどの偶然なんだ。

「何度も何度も私を説得してくれて、こんなにも娘のために何かをしてくれる人がいるのだと感動しました。奥様には感謝してもしきれません。本当にありがとうございます」

「いえいえ！　そんな。頭を下げないでください」

高橋社長は沙織に頭を深々と下げ、それに対して沙織は慌てている。そのやり取りが微笑ましくて、思わず顔が緩んでしまう。

沙織は昔からそうだった。相手の立場に立って物事を考えることができて、不器用ながらも一生懸命に向き合う人だ。

そんな沙織を見て好きになったことを改めて思い出し、彼女と結婚して本当によかったと誇らしく思う。

「智也さん。真紀さんの挙式、とても素敵だったんですよ。私、仕事だということを忘れて泣いてしまいました。あぁ、思い出しても泣けてきちゃいます」

「もう。沙織さん、泣かないでくださいよ～、私まで泣けてきます」

沙織と真紀さんは顔を見合わせて涙を零している。

プランナーとお客様という枠組を飛び越えて喜び合えるふたりを見て、よほどいい式だったのだろうと窺えた。

ふたりの様子を見て、隣で微笑む高橋社長は熱燗《あつかん》をぐいっと飲み干し、話し出す。

「ブライダル事業に興味はなかったのですが、今回の奥様の心のこもった仕事ぶりを見て、御社の素晴らしさを知りました。人を幸せにするお手伝いができる、やり甲斐のある業種ですね」

「はい。僕もそう思っています」

人生の新たな門出を祝う結婚式。誰しも思い入れのあるもので、大切な人生の一ページとなる。そんな時間を作るお手伝いができるなんて、素晴らしいことだ。だから妥協せず、お客さんに満足してもらえるものを提供したいと試行錯誤して、いいものを作り出そうとしている。

「これからよろしくお願いします。五十嵐さんとは、いい仕事ができそうです」

「こちらこそ、よろしくお願いします」


四人での食事を終えた頃、俺と沙織は退席することにした。

高橋親子はこの料亭に残り、親子水入らずの時間を過ごすとのことだった。なので、奥の部屋に宿泊用の布団が敷いてあったのかと合点がいく。

正直なところ今回の契約は、勝算のあるものではなかった。やり方を間違えれば、決裂になってもおかしくないほど難しいものだった。

それでも全力で交渉しようと思っていた矢先、沙織とValerieに救われた。まさかこんなふうになるなど予想していなかった。

沙織と共に料亭の前に出るとすでに車が停止しており、運転手と山口が立っていた。

「社長、お疲れさまです」

「ああ」

頭を下げる山口を見て、俺はため息をつく。

この秘書はどこまで把握していたのだろうと、つくづく恐ろしくなる。きっとこういう結末を迎えることを見越して、いろいろと根回ししていたのだろう。

「先ほどは取り乱して悪かった」

「社長は何も悪くありません。私の説明不足です」

若い女性が好きだという高橋社長の噂の件も、先ほど四人で会話をしているときにその話題が出てきた。

高橋社長は、真紀さんと喧嘩ばかりしてしまうので、どうすれば仲良くできるのか女性に意見を求めていたら、若い女性が好きという噂がたってしまったと話していた。

妻のことを愛しているし、浮気するつもりなど毛頭ない。娘と仲良くしたいから女性に話を聞いてもらっているだけなのに、そんなふうに言われるなんて悲しいと嘆いていた。

確かに、真紀さんとのことを聞いたあとでは、誤解だと納得できる内容だ。

しかし、わざわざその噂を俺に吹き込んだことは、山口がこうして俺に嫉妬させるための策略だったのだと気づく。

「そして今回の件で、奥様まで巻き込んでしまい、申し訳ございませんでした」

山口は沙織にも丁寧に頭を下げた。沙織はその姿にあたふたしている。

「そんな……っ、謝らないでください」

「奥様にはいろいろと失礼なことを言ってしまいました。また、私がわざと社長に気があるような態度を取って、見せつけておりました。しかし誤解なさらないでください。私は社長に対して、特別な感情を抱いているわけではありません」

「……へ？」

いったい何の話だ？

話が思わぬ方向に進み出して、沙織と山口を交互に見る。

「で、でも……っ、お慕い申しておりますって……」

「はい。上司としてお慕いしている、尊敬しているという意味です。そうでなければ社長秘書を長年務められません」

「えええっ⁉」

「差し出がましいこととかとは思いましたが、おふたりを盛り上げるスパイスになれば、と思って行動させていただいたまでです。私にはちゃんと恋人がいますので、ご心配なさらなくて大丈夫です」

にっこりと微笑む山口に、顔面蒼白《そうはく》の沙織。

ふたりにどういうやり取りがあったのか、だいたい想像はつくが、どうやら今回は山口に一本取られたみたいだ。

「沙織、帰るぞ」

「……はい」

急に脱力した沙織を車に乗せて、自宅へと向かうことにした。

想いを重ねて

何だか驚きの連発で疲れてしまった。智也さんに支えられながら、放心状態で車に揺られている。

「大丈夫か？」

「……は、はい。何とか……」

先ほどの話を要約すると、山口さんはわざとああいう態度を取って、私にヤキモチを焼かせようとしていたってこと？

恋人がいると言っていたから、智也さんと山口さんは付き合っているわけではないということなのね？

ってことは、私が心配していたようなことはなくて、ふたりはただの社長と秘書の関係だったってこと。

ホテルで見かけたのも、社長である高橋さんに今回の仕事の話をするためそこにいただけで、やましいことはなかったのだろう。

「智也さん、ひとつ確認してもいいですか？」

「どうした？」

「山口さんとは、本当に何もないんですか？　恋人だったりとかしませんか？」

「そんなわけないだろう。あ、もしかして、一緒にベルギーに行った話をふたりでの旅行だと思ったんじゃないか？　あれは仕事で行っただけだし、ふたりきりでもない」

そうだったんだ、よかった……。

その誤解が解けて、心底ホッとした。

「よかった……」

「沙織が心配するようなことはひとつもないから、安心して」

山口さんが相手だったらまったく歯が立たないと弱気になっていたから、誤解で本当によかった。そもそも私がいろいろと心配していたことは、杞憂《きゆう》だったのだ。

わかっているつもりでも、好きな気持ちが大きくなればなるほど心配してしまう。

もっと信用しなくてはいけないと反省する。

ホッと胸を撫で下ろして前を向くと、運転席の男性に見覚えがあるような気がして、身を乗り出して顔を覗き込んだ。

「あの……っ、以前お会いしました……よね？」

「……え？　あ、はい。そうですね」

やっぱり！

この運転手さんは、結婚する三ヵ月前、私が智也さんと出会ったときに自宅まで送り届けてくれた人だ。

智也さんの顔は、トキメいて緊張していたために、はっきり覚えていなかったけれど、この運転手さんのことはよく覚えていた。

白髪でメガネをかけたおじ様で、清潔感と気品のある男性だったから、印象的だった。また、長い時間車に乗っていたので、いろいろな話をした記憶がある。確か奥さんがうちの父と同じ病気だということで、介護について話し込んだのだった。

「あのときは、とても美しいドレスをお召しになられていましたね」

「その節はどうもありがとうございました」

また会えてよかった。あのとき助けてもらわなかったら、私はどうなっていたかわからない。

隣に座っている智也さんの方を向いて、もう一度お礼を言う。

「本当にありがとうございます。助かりました」

「……思い出したのか？」

「はい。兄たちから全部聞きました。どうして、もっと早く教えてくれなかったんですか？」

「自分から言い出すなんて格好悪いだろ。沙織が思い出してくれるのを待ってた」

「あのときは緊張してしまって、相手の男性の顔を覚える余裕がなくて……智也さんだったなんて、まったく気がつきませんでした」

「このまま気がつかないのかもしれないな、と諦めていたよ」

「そ、そんなこと言わないでください！」

ちょっぴり意地悪なことを言われて焦っていると、智也さんは楽しそうに笑ってくれた。

和やかな雰囲気のままマンションの前に到着し、私たちはエントランスへと入る。

久しぶりの帰宅。こうしてまたこの部屋に帰ってこられたことを嬉しく思う。

玄関に入って靴を脱いだあと、廊下を歩き出すと、後ろから智也さんに抱きしめられた。

「智也さん……？」

「さっきは外だったから言わなかったけど、すごく心配したんだからな」

若い女性が好きという噂のある高橋社長の元に、ひとりで乗り込んだと聞いて、不安になってしまったのだろう。

ぎゅっと強く抱きしめられて、心配していたんだと伝わってくる。そんなふうに思ってくれていることが嬉しい。

「大げさですよ。そんなに心配しなくても大丈夫です」

「沙織はわかってない。俺がどれだけ心配したか」

「智也さん……？」

そっと腕を緩められて、私たちは向かい合った。智也さんは射貫《いぬ》くような真剣な眼差しで私を見つめる。

「今までちゃんと言えていなかったけど……俺、沙織のことが好きだ。君が想像している以上に、すごく惚れている」

その言葉を聞いて、一瞬、時が止まった。

意味を理解するまでに、どれくらい時間がかかっただろう。

好き？　智也さんが私を？　本当に……？

兄たちから、智也さんが私のことを想ってくれているとは聞いていたけれど、実感が湧かなかった。彼の口から言われるまで、夢みたいで信じられないと思っていた。

でもついに智也さんから好きと言ってもらえて、嬉しさで涙が溢れてくる。

「え……っ、あれ？　泣いてる？　どうした？」

「ごめん、なさ……嬉しくて……」

涙を零す私を心配そうに見ている智也さん。次々に溢れてくる涙を拭って、頭を撫でてくれる。

「ずっと前から沙織のことが好きだった。本当は普通に恋愛して、順番通りに進んで結婚したかったんだけど……なぜかこんなことになってしまって、困らせてばかりでごめん」

「いいえ」

「どんな手段を使っても沙織と一緒になりたかった。誰にも渡したくない」

智也さんは悪くない。うちの家族が智也さんを巻き込んで、こんな結婚をすることになってしまったんだから。

泣いてしまって、智也さんの言葉に返事ができない。嬉しくて、胸がいっぱいで、幸せで満たされていく。

「政略結婚っていうことで結婚したのに、いきなり好きな気持ちを押しつけたら引くかなと思って、抑えていたんだ」

「そう……なんですか？」

じゃあ、夫婦らしくするためのハグやキスも、全部好きだからしてくれていたの？

そう思うと、沸騰するみたいに全身が熱くなって、頬が赤くなる。

「高橋社長の元にひとりで行ったって聞いて、心配でたまらなかった。何かされていたらどうしようかと思った」

「高橋社長が若い女性が好きだなんて吹聴されていたからですね。心配させてしまって、ごめんなさい」

「沙織は悪くない」

もう一度抱きしめられて、智也さんの胸の中に埋まる。彼の大きな体を感じて幸せを噛みしめる。

「沙織はどうして離婚したいと思ったんだ？　俺が嫌になった？」

「違います。そんなことじゃない」

「じゃあどうして？」

「智也さんのことを好きになって、このままの夫婦生活を続けていく自信がなくなってしまったんです。きっと智也さんは私のことを好きじゃないと思っていたから、重荷になるんじゃないかって……」

智也さんの体から離れて、彼の顔を見つめる。心配そうな表情を浮かべる彼を見て、きゅっと胸が詰まる。

「それから、山口さんのことを好きなんじゃないかって不安だったんです」

「でも、それは違うってわかっただろ？」

「はい」

山口さんはわざとそういうふうにして、私たちをうまくいかせようとしていただけだった。

「あと……智也さんのご両親のことも。私、ご挨拶できていません」

「ああ、それなら大丈夫。うちの両親にはちゃんと話してある。沙織がいいと思ったタイミングで顔合わせができたら、と言ってくれているから」

よかった、と胸を撫で下ろす。智也さんのご両親に反対されたらどうしようと心配したけれど、それもちゃんと考えてくれていたんだね。

「……俺のこと、嫌じゃないんだ。よかった」

「嫌になるわけありません。智也さんは格好いいし、優しいし、最高の旦那さんです。私にはもったいないです！」

ぎゅっと握りこぶしを作って力説する私を見て、智也さんは優しく笑う。

「ありがとう。そんなふうに言ってくれて嬉しい」

他の女性と比べて、私は料理だってあまり得意じゃないし、気配りだってまだまだ。もっと智也さんに相応しい人になりたいのに、気持ちばかり焦って追いついていない。

「そんなに完璧になろうなんて思わなくていいよ。俺だって完璧じゃないし、お互いに補いながら、ふたりでやっていけばいいんだから」

私ひとりだけが頑張るんじゃない。ふたりで助け合って生きていく。それが理想の夫婦だと、智也さんは教えてくれた。

「ありがとうございます」

そう言ってもらえて心が軽くなる。これからは、ふたりで協力していけばいいんだと思うと、頑張れる気がする。

「はぁ……本当によかった。このまま離婚することになったらと思うと、気が気じゃなかった」

「私も。自分から言い出したのに、すごく嫌で悲しかった。こうして気持ちを伝えられてよかったです」

私たちはもう一度強く抱きしめ合う。そしてどちらからともなく目を閉じて、唇を重ねた。

智也さん、好き。

この溢れてくる好きという感情を大切にしたい。こんなに好きな人と一緒にいられることに感謝しよう。

「ところで……沙織はいつまで俺に敬語なのかな？」

「え？」

「年上の俺のことを敬ってくれているんだとは思うけど、いつまでも敬語だと距離が縮まらないよ」

そう言われてみれば、出会ってからずっと智也さんには敬語だ。でも今さらタメ口でと言われても、緊張してしまう。

「ねぇ、普通に話してみて？」

ああ、もう。その顔はずるい。智也さんのねだるような甘い表情を見ると、胸が高鳴って逆らえなくなる。

「でも……恥ずかしい……です」

「ダーメ。ちゃんと夫婦になるんでしょ？」

「あう」

頭を撫でられて、そのままおでこにキスをされる。その柔らかな感触にトキメいた。

「好きだよ、沙織」

腰が砕けてしまいそうなほど甘い愛の言葉。そう言われると、熱に浮かされたみたいにふわふわしてしまう。

「俺のこと、好き?」

「……好き。智也さんのこと、好きだよ」

あなたのことが好きで好きで仕方ない。

全身から感情が溢れて、言葉にしないと抱えきれなくなりそうなほど、好きという想いが奥から湧き出てくる。

「じゃあ、智也って呼べるよね?」

「もう」

「ね、沙織」

「……智也、好き」

好きな人と結婚できているだけでも幸せなことだけど、もっと気持ちを重ね合わせたい。同じ熱量で好きだと感じていたい。

そして、求められることに応えたい。智也が望むこと、全部に。

素直に好きだと言うと、智也は私のことをお姫様抱っこして廊下を進み、寝室へと向かう。

「どっ、どうしたの……⁉」

「沙織に好きって言われたら、我慢できなくなった」

「ええ……っ」

私の体はベッドの上にそっと置かれる。そして智也は、私の上に覆い被さるような格好になった。

いつも一緒に眠っていたベッド。でも私たち夫婦は、一線を越えないルールを持ったふたりだ。だから夫婦になったあとでも、プラトニックな関係を築いていたはずなのに――。

「あのルール、破ってもいい？」

「え、っと……」

「まだダメ？」

優しく口づけされて、唇が何度も重なる。だんだん触れる時間が長くなっていって、溶けてしまうんじゃないかって思った。

「ダメ……じゃない」

「いいの？」

「私……ね、名字だけじゃなくて、全部智也のものになりたいって思っているの」

心も体も全部あなたに捧げたい。

言葉だけじゃ足りなくて、この好きな気持ちは、きっとこうしないとどうにもできない。

「もう、沙織……可愛すぎる」

唇や頬。おでこや耳。あらゆるところにキスをされて、心地いい感触に酔いしれる。

何度キスをしても、し足りない。

いつも挨拶のときにするような軽いキスじゃなくて、もっと想いを交わらせるみたいな深いキスをして、高まり合っていく。

呼吸を惜しむくらいに、数えきれないほど重ね合った。

「好きだよ、沙織。もっと近くに感じたい」

「うん。智也……私も同じ気持ちだよ」

優しく服を脱がされて、裸の心と体でお互いを見せ合う。

恥ずかしくてたまらないけれど、それ以上に、好きな人の全部を知ることができる喜びの方が強い。

なめらかな肌の感触を味わい、今まで感じたことのない幸せに包まれながら、私は全てを智也に捧げた。

エピローグ

私たちが本当の夫婦になって、二ヵ月が経過した。

相変わらずお互いに忙しく、夫婦共働きの生活を送っている。

「今日、沙織は何時に帰ってこられそう？」

「うーん、そうだね。今日はお客さんとの打ち合わせが午後四時から入っていて、それが終われば帰るつもり」

「じゃあ、比較的早く帰れそうだな」

同じテーブルに向かい合って座り、朝食を食べながらそんな話をする。忙しいふたりだけれど、朝は早めに起きて、ゆっくりと一緒の時間を過ごすようにしていた。

「あ、そういえば、今日だよね？　アンヴィのブライダル専用フロアのプレオープン」

「そう。だから早めに終わるなら見に来たらいいよ。真紀さんも高橋社長も、沙織に来てほしいって言ってた」

「そうなんだ！　じゃあ行こうかな」

アンヴィ・インターナショナルホテルのブライダル専用フロアは、ワンフロアぶち抜きで作られた、贅沢かつラグジュアリーなデザインになっていると業界の中でも話題だ。オープン前なのに、すでに予約が一年先まで埋まっている状態で、ＰＷのショップも大忙し。一時的な出向としてＰＷに来たけれど、人材不足でまだまだ抜けられそうにない。

Valerieも順調にいっているみたいだし、プランナーの仕事も奥が深くて勉強になることばかりだから、もう少しこのままＰＷで頑張ろうと思っている。


――夕方。

「お疲れさまでした」

残業しているスタッフに挨拶をして、私は更衣室で着替えを済ませて外に出た。

「奥様！」

男性の呼ぶ声がして、周りを見渡すと、いつぞやの運転手さんがこちらに向かって手を振っていた。

「どうも、お疲れさまです」

いったいどうしてここに？

智也なら、アンヴィのプレオープンのセレモニーに出席しているはずなのに。

何か別の用事があってここにいるのだろうかと思い、挨拶をした。

「奥様、どうぞお乗りください」

「え?」

「社長から仰せつかっております」

何で? どういうこと?

疑問に思いながら、とりあえず言われるがまま車に乗ることにした。


到着した先は、アンヴィ・インターナショナルホテルの正面玄関。運転手さんの手を煩わせて申し訳なかったと思いながら、お礼を言って下車する。

ベルボーイが私に気がつき、「五十嵐様、どうぞ」と奥へ案内された。

今日のプレオープンは、高橋社長から直々に招待された人しか入れない仕様になっている。取引先などの重要人物を優先的に呼んでいるので、手厚いおもてなしになっているのかもしれない。でも私は身内だから、ここまで丁寧にしてもらわなくてもよかったのに……なんて思いながら、ちょっぴり非日常的な空間にドキドキしていた。

そして案内されたのは、ホテルの奥にある庭園だった。大きな池のある広大な庭は、美しく木々が並び、噴水がいくつもあって、とても綺麗だ。

ホテルの外観も白くてお城みたいだし、ここは海外なんじゃないかと思うくらいロマンティックな場所で、歩いているだけで胸が高鳴る。

こんな素敵な場所で結婚式を挙げられるなんて、夢のよう。これからここでいくつものカップルが式を挙げていくんだな、と感慨深く思っていると、少し先の方に鐘が見えてきた。

わぁ……綺麗！

ホテルのカラーにマッチしている、眩しいほど白くて美しい鐘。

結婚式などで新郎新婦が一緒に鐘を鳴らすイベントがあるけれど、そこで鳴らす鐘のことを〝カリヨンの鐘〟と呼ぶ。

カリヨンの鐘は、昔から悪魔や不幸を追いはらう力を持っていると言われていて、幸せを呼ぶ鐘や平和を呼ぶ鐘という意味があり、幸福の象徴とされている。なので、新郎新婦は結婚式のあと、カリヨンの鐘を一緒に鳴らして幸せを願うのだ。

そのカリヨンの鐘の下に、スーツ姿の男性の後ろ姿が見える。

あれ……？　あれって。

「智也？」

どうして外にいるんだろう、と彼の元に歩み寄る。

「沙織、待ってた」

「遅くなってごめんね」

「大丈夫」

いつもより言葉少なになっている智也を不思議に思っていると、急に彼は跪いた。

「えっ……？　どうしたの？」

突然のことに驚き、私は動揺して瞬《まばた》きを繰り返した。

「沙織」

「……はい」

跪いている智也は下から私を見上げて、真剣な眼差しでじっと熱く見つめている。

その誠実な瞳に釘づけになって、改めて格好いいと確認してしまう。

「遅くなってしまったけど……俺と結婚してください」

彼の手元にリングケースが現れ、プロポーズと共にパカッと開かれた。

これって……これって‼

私が思い描いていた理想のプロポーズ！

すごくベタだし、昨今じゃこんなことをする人なんて存在しないよ、と友人たちに散々言われてきたプロポーズが、目の前で行われている。順番は前後してしまったけれど、こんなに嬉しいことはない。

「沙織、愛してる。俺と、最期のときまでずっと一緒にいてほしい」

大好きな人にこんなふうに言ってもらえるなんて、幸せすぎるよ。

嬉しくて、感動的で、胸がいっぱいで言葉が出てこない。出てくるのは嬉し涙だけで、ポロポロとその涙を零しながら何度も頷いた。

「じゃあ、左手を出して」

立ちつくして泣いている私の手を握り、智也は左薬指にキラキラと輝く指輪をはめてくれた。

「智也、ありがとう……！　すごく嬉しい」

「喜んでくれて、俺も嬉しい。前に、こういうプロポーズをしてほしいって言っていたから」

私たちが婚姻届を提出しに行った日、そんなことを言ったっけ。それを覚えていて、こうして実行してくれたことに胸を打たれた。

彼からのサプライズ演出に感動して、ちゃんと見られていなかったけれど、よくよく指輪を見ると、これってエンゲージリングじゃない？

「ね……ねぇ。これって、エンゲージリングだよね？　私たち、もう結婚しているんだからマリッジリングなんじゃ……」

「うん。マリッジリングは結婚式のときに交換しよう」

「え?」

結婚式? え、今、結婚式って言った?

「ど、どういう……」

「アンヴィの式場で一番に結婚式を挙げるのは、俺たちだよ」

「えええええっ!」

嘘、そんな! ここの式場で結婚式を挙げる人たちの予約は、来週からもう入っているんだよ? それなのに、一番に挙げるって……それってまさか!

「今週の日曜日、大安吉日。それが俺たちの挙式の日取り。招待状も手配済みだし、沙織用のValerieのドレスもでき上がってる」

「信じられない……!」

もちろん、悪い意味じゃなくて、いい意味で!

私の知らないところで、結婚式の準備を全部済ませていたなんて。

智也は私より忙しいはずなのに準備をしてくれたことに、ただただ感動した。

「俺たちのプランナーは槙野さんだから、きっと沙織好みの挙式にしてくれるはずだ」

確かに最近、槙野さんから、挙式のプランなどについて『これとこれだったら、どっちがいいと思う？　どっちが好き？』などと聞かれることが多かった。

私たちの式は、おおまかな流れは決めてもらっているみたいだけど、今からでも全て変更可能で、私の要望に対応してくれる特別仕様らしい。

「ドレスも、沙織のためにValerieで作ってもらった。昔から着たかったドレスがあったんだろう？」

「どうしてそれを……」

「俺を誰だと思ってる？　沙織の旦那だぞ」

私が着たかったドレス……。

それは私の母が、自分の結婚式のときに着ていたドレス。もう何年も前のドレスなのにとても素敵で、写真を見るたびに『お姫様みたい』と胸をトキめかせていた。

直樹も晴樹も『沙織が結婚するときは、こんなドレスを作ってやる』と言ってくれていたものだ。

近頃、直樹と晴樹がせっせとドレス制作をしている中、私に見せないようにしているトルソーが一体だけあった。様子が変だな、おかしいなとは思っていたけれど……。

それってもしかして、この結婚式のためのものだった⁉

「ありがとう。すごく嬉しい！　お盆とお正月と誕生日とクリスマスが一緒に来たみたいに嬉しいよ！」

素直にそう思える。政略結婚として始まったふたりだし、もうすでに入籍済みだから、智也にプロポーズしてもらえるなんて思ってもみなかった。

でも心の奥では、してほしいと思っていたんだ。だって、好きな人からプロポーズしてもらうのって女性の憧れでしょ？

「智也って、私に負けないくらいのロマンティストだよね。こういうことをさらっとやってくれちゃうし」

「そうかな？　沙織が相手だからだよ。君の喜ぶ顔が見たくて」

立ち上がった智也は私を抱き寄せ、腰に手を回す。そして微笑みながら、少しずつ距離を縮めていく。

「本当は、白馬に乗って登場することも考えたんだ。沙織は白馬に乗った王子様に憧れていると思ったから」

「ええーっ！　そうなの!?　何でわかったの？　見たかった、やってほしかった‼」

「いや……。王子様の格好をするには、年齢がきついなって……」

智也がそんなことを言うから、思わず吹き出してしまった。

「ふふふ。でも智也なら、王子様の格好も似合いそうだよ」

「やっぱり白馬の王子様に憧れてたんだ？」

「乙女の憧れでしょ？」

「……乙女ね」

あ、またそこに引っかかる。女性はいつまでも乙女心を持っているものなんだよ。私は特にそういう傾向が強いけど。

「白馬には乗っていないけど、智也は私の王子様だよ。すごく素敵な王子様で、旦那様！」

「喜んでくれて嬉しいよ。俺の愛しの奥さん」

そう言うと、彼は私にキスをしてくれた。

王子様から甘い甘いキスをされて、私はこの世界一の旦那様の妻になれたことを、心から幸せだと感じた。

これからも永遠に智也だけを愛していく。

ずっとこの先も――。

END

あとがき

はじめましての方も、そうでない方も、こんにちは。藍川せりかと申します。

このたびは、わたくし初のベリーズ文庫『独占欲強めな社長と政略結婚したら、トキメキ多めで困ってます』を手に取っていただき、ありがとうございます！

今回の作品のテーマは、とことん王道に突き進もう！でした。私の書く作品で、ここまで王道を意識したものはなかったように思います。いつもラブコメで少し変わったものが多いのですが、今回ばかりは王道ものにチャレンジしてみました。

沙織と一緒に『政略結婚って、すごくドキドキする！』と、華やかなウェディングドレスを調べてトキメキながら書いていました。

しかも、ちょうどその時期に、うちの近くにValerieのようなオートクチュールサロンがオープンしたんです。閑静な住宅街にポツンとあるお店。建設中は、こんな辺鄙なところに何ができるんだろうと思っていたら、ウェディングドレスのサロンだったんです。

通勤時にそこの前を通るたびに、直樹と晴樹のような人がいないかな？と覗いていました（笑）。


今回、この作品のイラストを担当してくださったgamuさん。素敵なイラストをありがとうございます！

そして担当様。私に寄り添って作業を進めてくださったおかげで、このような素敵な作品を完成させることができました。本当にありがとうございます。


そしてそして、この本を手に取ってくださった読者様。

今、日本では自然災害などが多く、被害に遭われた方も多いと思います。そんな中、作品を読んで少しでも楽しんだり、明るい気持ちになったりしていただければ嬉しいです。

最後まで読んでくださって、ありがとうございました。

またお会いできる日を楽しみにしています！

藍川《あいかわ》せりか

藍川せりか先生への
ファンレターのあて先

〒104-0031
東京都中央区京橋1-3-1
八重洲口大栄ビル7F
スターツ出版株式会社　書籍編集部　気付

藍川せりか先生

本書へのご意見をお聞かせください

お買い上げいただき、ありがとうございます。
今後の編集の参考にさせていただきますので、
アンケートにお答えいただければ幸いです。

下記URLまたはQRコードから
アンケートページへお入りください。
http://www.berrys-cafe.jp/static/etc/bb

独占欲強めな社長と政略結婚したら、トキメキ多めで困ってます

2018年11月10日　初版第1刷発行

著　　者　藍川せりか

発 行 人　松島 滋
デザイン　カバー　根本直子
フォーマット　hive & co.,ltd.
校　　正　株式会社　文字工房燦光
編集協力　矢郷真裕子
編　　集　三好技知　加藤ゆりの（ともに説話社）
発 行 所　スターツ出版株式会社
〒104-0031
東京都中央区京橋1-3-1　八重洲口大栄ビル7F
TEL　販売部　03-6202-0386（ご注文等に関するお問い合わせ）
URL　http://starts-pub.jp/
印 刷 所　大日本印刷株式会社

Printed in Japan

乱丁・落丁などの不良品はお取替えいたします。
上記販売部までお問い合わせください。
定価はカバーに記載されています。

ISBN 978-4-8137-0565-9　C0193

ベリーズ文庫 2018年11月発売

『冷徹社長は溺あま旦那様 ママになっても丸ごと愛されています』　西《にし》ナナヲ・著
早織は未婚のシングルマザー。二歳になる娘とふたりで慎ましく暮らしていたけれど…。「俺と結婚して」——。かつての恋人、了が三年ぶりに姿を現してプロポーズ！　大企業の御曹司である彼は、ずっと早織を想い続けていたのだ。一度は突っぱねる早織だったが、次第にとろとろに愛される喜びを知って…!?
ISBN 978-4-8137-0561-1／定価：本体630円＋税

『ご縁婚～クールな旦那さまに愛されてます～』　葉月《はづき》りゅう・著
恋愛未経験の初音は経営難の家業を救うため、五つ星ホテルの若き総支配人・朝羽との縁談を受けることに。同棲が始まると、彼はクールだけど、ウブな初音のペースに合わせて優しく手を繋いだり、そっと添い寝をしたり。でもあるとき「あなたを求めたくなった。遠慮はしない」と色気全開で迫ってきて…!?
ISBN 978-4-8137-0564-2／定価：本体640円＋税

『エリート外科医と過保護な蜜月ライフ』　花音莉亜《かのんりあ》・著
事故で怪我をし入院した久美。大病院の御曹司であるイケメン外科医・堂浦が主治医となり、彼の優しさに心惹かれていく。だけど彼は住む世界が違う人…そう言い聞かせていたのに、退院後、「俺には君が必要なんだ」とまさかの求愛！身分差に悩みながらも、彼からの独占愛に抑えていた恋心が溢れ出し…!?
ISBN 978-4-8137-0563-5／定価：本体630円＋税

『【溺愛注意！】御曹司様はツンデレ秘書とイチャイチャしたい』　きたみまゆ・著
大手食品会社の専務・誠人の秘書である詩乃は無愛想で、感情を人に伝えるのが苦手。ある日、飼い猫のハチが亡くなり憔悴しきっていると、彼女を見かねた誠人が自分の家に泊まらせる。すると翌日、詩乃に猫耳と尻尾が!?「ちょうどペットがほしかったんだよね」——専務に猫かわいがりされる日々が始まって…。
ISBN 978-4-8137-0562-8／定価：本体650円＋税

『独占欲強めな社長と政略結婚したら、トキメキ多めで困ってます』　藍川《あいかわ》せりか・著
兄が経営するドレスサロンで働く沙織に、大手ブライダル会社の社長・智也から政略結婚の申し出が。業績を立て直すため結婚を決意し、彼の顔も知らずに新居に行くと…モデルさながらのイケメンが！　彼は「新妻らしく毎日俺にキスするように」と条件を出してきて、朝から晩までキス＆ハグの嵐で…!?
ISBN 978-4-8137-0565-9／定価：本体630円＋税

タイトル、価格等は変更になることがございますのでご了承ください。